第三時效

第三の時効

横山秀夫
よこやまひでお

王蘊潔——譯

目次

沉默的不在場證明

從今往後，請你別再笑了。
請你保證，這輩子都不再露出笑容。
小達已經沒辦法再笑了，即使想笑也辦不到。
這都是你造成的。
請你永遠都要記住。
請你隨時隨地都要記住，是你害死了小達。
請你發誓，
這輩子永遠都別再笑了，拜託。

1

『這一陣子，全國各地警界相繼發生醜聞，我們必須引以為戒，迅速贏回民眾對我們的信任。各位同仁，現在正是我們要回歸初心的時刻。這並不會太困難，只要我們喚回對犯罪深惡痛絕的真摯而純潔的心，重新建立為社會奉獻的精神，如此一來，就會認真傾聽走投無路的善良民眾求助的聲音，警界人員更不可以為了私利私欲鋌而走險，淪為罪犯。但是，目前——』

F縣警總部大樓內，沒有任何人走動，但高亢刺耳的聲音響徹整棟大樓。上班時間一開始，各課牆上的擴音器就傳來昨天剛到任的高考組總部長訓示。

朽木泰正獨自坐在五樓的搜查第一課辦公室內，重案搜查一股，俗稱「一組」的組長座位上。他坐在背對朝西窗戶的椅子上，穿著皮鞋的雙腳蹺在辦公桌上，正舒服地試著手工製作的竹製掏耳棒。

下屬全都出門辦案，其他股的辦公桌前空無一人。「二組」偵破主婦命案，昨晚去了本縣北部的溫泉街慶功，除了拒絕參加酒宴和聚會的組長楠見以外，其他人最快要下午才會頂著酒醉後浮腫的臉走進辦公室。這十天來都沒有看到「三組」的人，他們正投入西部地區頻頻發生的連續縱火案的偵辦工作，最近每天都睡在轄區警局滿是汗臭味的道場內。組長村瀨現在應該很後悔自己運氣不佳，抽到下下籤。不，搞不好他們已經鎖定目標，正摩拳擦掌準備收網。

朽木看向牆上的時鐘。才九點剛過。

——差不多該叫他過來了。

正當他閃過這個念頭時，辦公室的門打開，理著小平頭的森說聲「早安」走進來。雖然他看起來像新人，但其實是有十五年刑警資歷的辦案高手。從轄區警局刑事課被拔擢到總部重案股的難度比通過升等考試更高，更何況他加入了重案股內最有實力的一組，難以想像他受到多少刑警嫉妒。

「島津沒有和你在一起嗎？」

朽木問，森從自己的座位探出頭說：

「今天不是要跟監娑姆嗎？」

朽木之前指示島津和田中搭檔一起跟監泰國籍的酒店小姐娑姆．茜，但也曾經說過，島津今天中午可以暫時離開崗位。

「我以為你會順路把他載回來。」

「那我現在去接他？」

「不，不用了，如果他九點半還沒回來，再打他的手機吧。」

朽木猜想島津應該不至於忘記今天十點，是湯本直也犯下的強盜殺人案的第一次開庭。

「組長。」

「嗯？」

「真是有夠久的。」

森調皮地瞇起眼睛，看向牆上的擴音器。

聽到森這麼說，朽木才發現擴音器已經安靜下來。新任的總部長似乎終於說夠了。

「要痛恨犯罪。」

朽木用鼻子發出冷笑聲，然後不由自主地皺起眉頭。

「我才不恨犯罪呢，還得靠它吃飯啊。」

森說這句話時，轉頭看向門口。朽木跟著看過去，島津戰戰兢兢地從門縫中擠進來。他一身熟悉的淡棕色西裝，一眼就能認出他是島津。他戴了一個就像有嚴重花粉症的人戴的大口罩，遮住半張臉，頭髮凌亂，黑眼圈很嚴重，遠遠就可以看到他的雙眼佈滿血絲。

「你怎麼了？」

「不好意思……我的牙齒……」

島津口齒不清地說著，低頭走過來。

「讓我看一下。」

朽木用大拇指抵著島津的下巴，讓他抬起頭。島津拿下口罩，他的右側臉頰十分腫脹，不需要用手去碰，就知道他的臉頰很燙。島津四、五天前就說臼齒很痛，連吃烏龍麵和蕎麥麵都很吃力，原本有稜有角的長相在一夜之間，變成連脖子都看不到的彌勒佛臉，顯然是牙齦被細菌感染。

「你這張臉，去盯場也沒有威嚇力。」

是我幹的——看著湯本直也站在被告席上，低頭乖乖認罪，是當初負責審訊的島津的義務，也是他的權利。在法庭上要狠盯場並非只是形容，嫌犯成為被告後，已經不在警察的管轄之內，但嫌犯在偵訊室內所說的自白內容，是和負責審訊的審訊官和嫌犯之間的「約定」，這種約定仍然有效，而且嫌犯必須在法庭上執行這個約定，因此刑警會坐在旁聽席的角落，用念力告訴被告，絕對不能翻供或是篡改供詞。

「那就我去盯場吧。」

朽木凝重地說。

原本決定今天由島津和審訊時在一旁協助島津的森兩人一起前往法庭旁聽，但目前情非得已，朽木只能親自上陣。如果是普通的案子，就會讓森單槍匹馬上陣，但這次強盜殺人的主嫌遠走高飛，下落不明，萬一被告在法庭上脫口說出透露主嫌下落的證詞，就需要有人立刻和總部聯絡，另一個人要留在法庭內繼續旁聽，因此至少需要兩個人出席。

「不……我……」

島津才說了幾個字，就皺起眉頭。朽木見狀，下定決心。當初湯本案的審訊工作，包括另案和本案在內，是總共持續長達四十二天的長期戰，朽木曾經數度走進偵訊室。朽木這張五十多歲的臉經常被揶揄為代表憤怒的「青鬼」，湯本應該記得自己是「島津的上司」，因此自己去旁聽盯場，同樣能夠發揮嚇阻作用。

「你趕快去醫院看一下。」

朽木用下巴指向窗外可以看到的F醫大，拿起電話，打電話去F醫大附屬醫院。之前由於委託鑑定被燒死的被害人齒痕，結識了牙科的鈴木醫生。

「沒問題，請他馬上過來。」

醫生欣然應允。朽木向島津轉達後，帶著森離開辦公室。穿越比自己的辦公室大三倍的搜查一課，沿著平時都會避開的大樓內樓梯來到一樓。今天沒必要甩掉記者，反正等一下在法庭上也會遇到。

地方法院和縣警大樓只有咫尺之距，中間隔著縣政府的辦公大樓，走路只要三分鐘就到了。

森走出辦公室後，始終一臉嚴肅，沉默不語。朽木能夠理解他的心情，知道他很不安。雖然確信嫌犯「招了」，仍然會擔心，是否會在法庭上被嫌犯「背叛」。更何況這起案子並沒有決定性的物證，只能仰賴各種情況證據和自白進行審判，只要有某個方面出差錯，就會危及審判進行。湯本招供那天，朽木去了另一起命案的現場，並沒有親眼確認湯本招供後的態度，這成為他內心的遺憾。

森內心的不安想必源自於島津的影響，如今這份不安在朽木的內心擴散。

2

「強盜殺人的案子在哪裡開庭？」

「三號法庭。」

警衛向朽木敬禮，敬禮的姿勢比警察更標準。朽木拍拍警衛的肩膀表示慰勞後，和森一起沿著中央寬敞的樓梯來到二樓。他無視聚集在走廊長椅上的一群記者，直奔三號法庭，打開旁聽民眾出入口門上的小窗戶，向法庭內張望。只有一名滿臉皺紋的法警在法庭內。朽木低頭看看手錶，發現離開庭還有十五分鐘，已可以進入法庭。朽木推開門，和森一起坐在最後一排座位。

不一會兒，根來檢察官抱著用包袱巾包起的文件，從側面入口走進法庭。三十出頭的他衣著很有品味，他們視線交會時，彼此用似有若無的注目禮打招呼。辯護人也步入法庭。這名姓齊藤的律師來自東京，並不是公設辯護人，而是湯本選任的律師，但從湯本被逮捕至今，這名律師並沒有任何引人注目的表現。也許是由於根來一身高級西裝的關係，更襯托出齊藤身上那件西裝有多舊。隨後，衣著邋遢程度不輸律師的記者們也紛紛入座，當法警開始確認旁聽人時，左側被告專用出入口打開。法庭內所有人的視線都看向那個方向，朽木也不例外。

湯本直也在兩側兩名監所管理員的監護下步入法庭。他雙手上銬，腰上繫著腰繩，腳上穿著拖鞋。朽木差不多有一個月沒見到他了，他瘦瘦高高，外形斯文。一頭長髮束起，但臉上冒著鬍碴。他今年三十二歲，在偵訊室見到他時，感覺比實際年齡年輕三、四歲，如今滿臉憔悴，眼眶凹陷，臉頰瘦了些，和當時大不相同。

湯本坐在被告席前，轉頭看向旁聽席。森用力坐直身體，但湯本應該沒看到他。

——死了才好。

朽木用雙眼傳達意念。

如果要用一句話來形容湯本，那就是壞到骨子裡的惡棍。他從二流大學畢業，一度想成為諮商心理師，但很快就失敗了。他原本就不喜歡好好工作、賺錢餬口這種規矩的生活，畢業後沒有正職，幾份打工沒有持續太久。不久之後，經常偷竊騙錢，同時欺負弱小。二十五歲時，他用偷來的酣樂欣迷昏三名女性後性侵。他濫用以前學到的知識，謊稱自己是諮商心理師進行催眠療法，向有心靈創傷的女性伸出魔爪。

其中一名女性提出告訴，將他逮捕歸案，但他死不認罪。可能由於除了那名受害女性的證詞以外，並沒有其他證據，因此湯本在接受警方審訊期間，就矢口否認犯案。在開庭時自始至終主張自己無罪，但法官並未採納他的供詞，最後被判處七年有期徒刑。他在G監獄服刑五年，假釋出獄才兩年。雖然這次是在「真正的惡棍」的慫恿下犯案，但他殺了人。他們向柏青哥店兌換站收送錢的運鈔車下手，搶走三千萬現金，而且還用刀刺殺試圖阻止的保全人員。

正前方的門突然打開，三名穿著法袍的法官走進法庭。法警大聲喊著：「起立、行禮。」在所有人坐下後，慈眉善目的審判長宣布開庭。石塚清，這位五十多歲的刑事庭法官今年春天才調到這個地方法院。朽木對著石塚發送念力。一定要嚴懲湯本。

「被告到前面來。」

石塚按照流程對湯本進行人別訊問，接著要求檢察官朗讀起訴書。

根來的身體微微前傾，大聲朗讀起來。

「公訴事實——被告湯本直也和多年舊友，目前居住在F縣F市青金台三十八番地的大熊悟共同策劃，在平成十三年（二〇〇一年）三月二十日下午四點左右——」

那個大熊悟就是「真正的惡棍」。

大熊從小學時就經常行竊或是偷竊停車車輛上的物品。上中學後不久，就打斷母親的鼻子和班導師的手臂，之後輟學，在父親經營的鐵工廠幫忙，但這只是對外的說法，其實他幾乎沒有在工廠上班，而是和飆車族同夥一起為非作歹。他的父親驟逝後，他繼承了鐵工廠，但立刻把工廠的營運資金拿去花天酒地，短短三個月，鐵工廠就倒閉了。他把祖父的遺產和父母的積蓄都花在吃喝嫖賭上。傷害、暴力、恐嚇、強暴——他無惡不作，曾經犯下十多起案子，是典型的暴力罪犯。他在十五、六歲時，在遊樂場結識湯本直也，他們並不算是朋友，大熊不僅性格凶殘，而且體格壯得像摔角選手，於是立刻收編湯本，用現在的話來說，就是把湯本當「跑腿小弟」。

這次襲擊運鈔車是大熊計畫，逼迫湯本加入。『廢話少說，你必須幫我。運鈔車不是要去銀行，而是直接去位在半山腰的老闆家，我打算半路埋伏，是不是很簡單？』湯本自我辯解供稱，他當時太害怕，不敢拒絕大熊的提議。

他們的犯罪手法粗暴。柏青哥老闆的豪宅位在F市郊區視野良好的高地上，車子前往豪宅的途中，會有幾分鐘的時間行駛在沒有人煙、尚未鋪設柏油的路上。大熊和湯本就瞄準這個時機。他們躲在學校營養午餐中心後方的雜木林中，當運鈔車因路況不佳放慢速度時，他們就把腳踏車丟在車前，擋住運鈔車的去路。他們用黑色強盜帽遮住臉，分別用鐵條打破運鈔車兩側的車窗，朝車上兩人噴了催淚瓦斯，他們同時試圖用電擊棒抵住車上的人，但是計畫在這裡出錯。保全體型壯碩，比大熊有過之而不及。保全揉著發痛的眼睛衝下車開始反擊。當他們扭打成一團時，大熊的強盜帽被扯下來，湯本在慌亂中拿出預藏在口袋裡的折疊刀，刺向保全的腹部和胸部。大熊揮起鐵條，打向仍然沒有倒地的保全頭部。保全的死因是失血過多和腦挫傷，因此是大熊和湯本兩人同時行凶殺人。

運鈔車的駕駛跳車逃走。雖然因突然被鐵條和催淚瓦斯攻擊，肩膀和眼睛都受了傷，但他跑得很快。大熊和湯本立刻跳上運鈔車去追司機。大熊坐在駕駛座上，以驚人的速度撞向逃往縣道方向的司機，把司機乾瘦的身體撞飛出去。之後他們按照原本的計畫，穿越幾條小路，把現金袋搬到事先偷來、停在空地的車子上，然後開著那輛車，逃回大熊老家的廢棄工廠，拉下鐵捲門。他們就這樣得手三千萬圓現金，只不過沒有高興太久。

湯本供稱，他們兩個人在廢棄工廠內絞盡腦汁思考如何才能逃避警方的追捕。在犯案之後，隨著漸漸冷靜，不安感越來越強烈。他們確實打死了保全，但不知道被車子撞飛出去的司機有沒有死。他們沒有把握，一旦司機還活著，後果不堪設想。催淚瓦斯的效果比想像中更弱，司機很可能已看到大熊的臉。

不，車子撞到司機時的力道很大，若是司機撿回一命，應無法立刻回答警察的問題，可能在昏迷幾天後死亡。更何況就算司機恢復意識，也未必會清楚記得大熊的長相，但他們倆還是認為必須為最壞的狀況做好準備。司機還活著，而且能夠說話，正確迅速地描述出大熊的外貌特徵——萬一真的發生這種情況，可能在他們從電視新聞中得知司機生死狀況之前，刑警就已找上門來。

恐懼讓他們加速行動。由湯本負責把偷來的車子丟棄在沒人注意的地方，然後若無其事地回到自己家中。大熊則負責把搶來的現金和會成為證據的物品都載到自己車上，消失無蹤。他沿途丟棄強盜帽、刀子、鐵條、電擊棒、催淚瓦斯、沾到血跡的衣物，把現金埋在某個地方──大熊應該確實完成了這些事。至少目前警方完全沒有發現任何證物，當然也沒有找到現金。

兩人約定，一旦得知司機死了，就立刻聯絡；如果司機還活著，在明確瞭解司機是否記得大熊的臉之前，暫時不見面。『媽的，早知會這麼麻煩，就應該給他一刀，把他送上西天。』大熊咬牙切齒地說著這句話，發動了自己的皇冠愛車。

晚上七點的新聞報導了這起案件。警方可說是很晚才進入狀況。

案件發生的下午四點前後，現場旁的營養午餐中心的職員全都已經下班，附近沒有民宅，完全沒有目擊者。傍晚快六點時，一群參加完社團活動，騎著腳踏車準備回家的中學生才向派出所報案──「有兩個人滿身是血，倒在地上。」如果對大熊和湯本來說，這算是幸運，那麼不幸的是，被他們用運鈔車撞飛的司機──兼島次郎的腦部和內臟並沒有致命傷，兩天後就能夠向警方說明情況。兼島記得大熊的長相，鑑識課女警畫的肖像根本不需要對外公開，請民眾提供線索──曾經有多名刑警之前曾經偵辦過大熊的暴力案，因此很快就鎖定了他。

朽木帶領的一組八名刑警投入偵查工作，當天就發現大熊已經逃逸，隔天查到大熊有一個情婦名叫娑姆・茜，同時查到她的住址。警方以不追究她逾期居留為誘餌，請她協助警方，娑姆很快就倒戈背叛大熊。「他說最近會有一大筆錢」、「他說要搶劫柏青哥店的車子」。娑姆和盤托出大熊在床上告訴她的事，F縣警將大熊悟和他使用的皇冠汽車資料發給全國警察，之所以沒有公開他的照片發布通緝，是因為當時沒有任何物證可以證明大熊犯案。

警方之後才意外得知同夥湯本的存在。案發三天後，接到一名在東京澀谷派對用品店的店員來電，那名店員提供線報：「一個星期前，有一個瘦瘦高高的長頭髮男人來店裡，買了兩頂黑色強盜帽。」店員看了體育報，得知運鈔車襲擊案件，看到報導中提到『兩名搶匪戴著黑色強盜帽』，才想起這件事。這個線報也符合住院的兼島之前在證詞中所提到的「另一個是又瘦又高的男人」。在調查大熊的交友關係後，身高一百七十九公分，身材乾瘦的湯本直也浮上檯面。

大熊的共犯是湯本——朽木為了確定這件事，徹底調查湯本的情況，接連查出顯示湯本很可能「有重大嫌疑」的情況證據；只不過和大熊一樣，找不到任何能夠直接證明湯本和搶案產生連結的物證。在其中一名共犯遠走高飛的案件中，隨著時間的推移，湮滅證據的必然性將大為提升。逼供湯本，讓他吐實。朽木很快就做出決定——

用另一起涉嫌詐騙的嫌疑作為幌子拘留他。湯本在時下流行的網路拍賣上動壞腦筋，假裝要出售一只他根本就沒有的勞力士錶，讓札幌的一名上班族匯了四十萬圓到他的銀行帳戶。

朽木派島津負責審訊湯本。

島津是三個月前上面塞給一組的人手。高層向朽木打聲招呼，說「這個人就交給你了」，就把島津塞進來，他之前在搜查二課的智慧型犯罪搜查股，偵辦貪污瀆職和選舉犯罪的案子。那個部門並不輕鬆，二課的審訊工作比一課更吃重。雖然是重案股，但一課仍然不時用「動之以情」的方式，讓嫌犯吐實，但二課則不講情面，而且更加嚴厲，毫不留情地針對對方的弱點下手，攻擊嫌犯的人格。這是由於二課的偵查對象都是議員和公務員這些有身分地位的人，因此首先必須摧毀對方的菁英意識和自尊心，把對方「剝得精光」後才能展開審訊。這種思考方式成為二課審訊的主流。

一組的田中是在一課打滾多年的刑警，朽木之所以沒有派出審訊經驗豐富的田中負責，而是把湯本交給來一課時日不久的島津，當然有他的考量。朽木考慮到萬一案情急轉直下，順利逮捕到大熊時的情況。一旦田中負責審訊湯本，島津就必須面對個性凶殘的大熊。如果島津用二課時代的方式硬碰硬，偵訊室內恐怕會鬧得天翻地覆，而且朽木認為由島津負責審訊湯本的搭配很不錯。雖然湯本是在大熊半威脅之下，參與了這起殘暴的案件，但湯本原本屬於智慧型罪犯。雖然當年只是心血來潮，但畢竟他一度想成為諮商心理師，內心深處隱藏著建立在不知道是自我表現欲還是自私的知識分子志向，既然這樣，島津在二課的經歷就可以發揮作用。朽木基於這些想法，起用了在一課資歷尚淺的島津，沒想到——

審訊完全陷入瓶頸。

網路詐騙的審訊草草結束後，立刻針對「強盜殺人案」進行審訊，但湯本聲稱「和我完全無關」，堅決否認犯案。他在之前性侵女性的案件中，同樣自始至終全盤否認，因此原本就做好了他不可能輕易招供的心理準備，但湯本的死不認罪遠遠超乎想像。在網路詐騙案的拘留期間到期後的第二十二天，以本案再度逮捕他，但審訊情況仍然膠著。

最大的問題在於島津審訊方式大有問題。從他的態度中，可以明顯感受到他因無法掌控眼前嫌犯而十分焦躁，經常為湯本咂嘴或是裝病這種小事大動肝火，拍桌踹椅，最後甚至拿起菸灰缸砸過去。而且措詞很粗魯，痛罵湯本狗娘養的，湯本鬧彆扭，連續三天都保持緘默。島津之後又搞錯了「動之以情」的意思，對著湯本說一些缺乏說服力的私事，而且一說就說了整整三個小時。持續四十二天的密室攻防一無所獲，混亂至極。

朽木當時沒有時間協助島津。在湯本拘留期間，又發生了兩起命案，由他負責指揮辦案，經常不在搜查總部。在這情況下，島津和森失去後方支援，島津應該深感壓力。既然已經逮到了幾乎確定有罪的嫌犯，身為F縣警偵查精銳小組的一組刑警，當然不可能說什麼「無法讓嫌犯招供」。

湯本在被逮捕後第三十五天，才終於招供。朽木暗自鬆了一口氣，但由於拘留期限即將屆滿，必須和時間賽跑，因此審訊十分倉促，自白筆錄並不理想。更何況還不是湯本主動自白，而是島津根據情況證據建構犯罪過程，讓湯本逐一承認，因此筆錄整體單調而缺乏具體性，湯本只有對於和大熊在犯案後的討論交代得很詳細，但很難稱之為「坦白了只有凶手知道的秘密」。負責審訊的島津事先知道在廢棄工廠採集到失竊車輛的輪胎痕跡，以及大熊名下的皇冠汽車消失，在這種情況下追問湯本，因此並不是湯本坦白交代，而是島津用誘供的方式讓湯本交代，這種情況在法庭上就會相當不利。

朽木抱著雙臂，注視著法官席。雖然仍然充滿不安，但並不至於悲觀。只要湯本在法庭內認罪，無論筆錄再怎麼差，都會被認為是「真相」。

「罪名及法條——強盜、殺人和殺人未遂。刑法第二三六條第一項——」

檢察官朗讀完起訴書。

「請庭上審理以上犯罪事實。」

根來吐出一口氣後坐下。

「被告請上前。」

石塚審判長的聲音響徹整個法庭。

湯本戰戰兢兢地起身，走向被告應訊席。終於到了他表明是否承認罪狀的時刻。

朽木聽到了吞口水的聲音。是森發出來的。

石塚握著雙手，注視著湯本，首先告知他有權保持緘默，然後靜靜地對他說：

「現在要問你的意見，檢察官剛才朗讀的起訴書中，有沒有和事實不相符的內容。」

短暫的沉默，法庭內一片寂靜。

湯本抬起頭說：

「全部。」

乍聽之下，以為湯本的這句話是承認起訴事實，但牆上時鐘的秒針移動了兩、三次之後，旁聽席一陣騷動。湯本的意思是，起訴書的所有內容都與事實不符。

「王八蛋，我要殺了他。」森露出「一組的嘴臉」嘟噥道。

「我是無辜的！」

湯本突然激動地大喊。

「審判長，請你救救我！我什麼都沒做，我根本沒有襲擊運鈔車，也沒有殺人。我是在遭到威脅的情況下被迫自白，所有的一切都是警方捏造的！請審判長明察秋毫，我有不在場證明！」

朽木的臉頰抽動。

——他有不在場證明？

法庭內一陣喧嘩，記者匆忙地在法庭內進進出出，但湯本持續大聲喊冤。他又哭又喊，在法庭上喊叫，好像沒有聽到石塚的制止。根來檢察官目瞪口呆地站在那裡，辯護律師齊藤也滿臉蒼白。

除了憤怒，更多悔恨在朽木內心翻騰不已。當初審訊湯本時，自己的確督導不周。雖然明知道不是一起簡單的案子，但自己太輕敵了，認為湯本終究只是一個小惡棍。也許太輕視湯本這個人了。

意想不到的風暴結束了。

閉庭後，湯本雙手再度被銬上手銬，然後緩緩轉頭看向旁聽席。他的表情極其冷靜，難以想像幾分鐘前的失控。他的視線左右移動，似乎在找人。他在找島津，還是森？還是一組組長的「青鬼」？

這一次，朽木和湯本對上了眼。就在那個剎那，湯本的嘴唇微微上揚。

他在笑。

在湯本走出法庭之前，朽木都沒有站起來。他的腦海中響起一個女人的聲音。那個聲音和自己的聲音交織在一起，在頭蓋骨迴盪。

絕對不能讓他再露出笑容，讓他這輩子都再也笑不出來——

「走！」

朽木低聲說道，抓住氣得發抖的森的肩膀，猛然起身。

3

在地方法院審理的案子中，被告否認犯案的案子並不常見。朽木走出F法方法院後，七、八名記者立刻包圍了他，每個記者的臉都因興奮而泛紅。

「組長，請你分享一下內心的感想。」

「感想……」

朽木瞪了一眼，頭髮中分的記者畏縮起來。

「呃，不，我的意思是反駁被告的……」

「我沒有任何話要說。」

朽木語氣強烈地回答，旁邊另一名記者探頭看著朽木的臉說：

「請問你對本案的被告有罪很有把握嗎？」

「當然啊。」

「他說的不在場證明是什麼？」

「不知道，你該去問律師。」

「組長，你是否事先就知道湯本會否認犯案？」

斜後方的一名年輕女記者問，朽木轉過頭，看著她那張沒有化妝，雀斑很明顯的臉。

——是否事先知道……

「什麼意思？」

「因為組長不是很少會親自來旁聽嗎？」

「今天只是巧合。」

朽木丟下這句話，邁開大步，離開了那群記者。

只要加快腳步，走回縣警總部大樓不需要兩分鐘。朽木沿著戶外的逃生梯上了樓，在中途的樓梯口拿出手機，按下了快速撥號的數字。

『喂……我是島津……』

和早上一樣，島津說話的聲音悶在口腔裡。

「是我，輪到你看診了嗎？」

『不，還沒有。』

「你馬上回來，湯本直也否認犯案。」

『啊！怎、怎麼……』

島津的聲音簡直就像在哀鳴。朽木掛上電話，來到五樓後，走進辦公室。

推開搜查一課的門，立刻看到田畑課長眉頭深鎖的臉。他剛才命令森先回辦公室報告情況，因此課長應該已經瞭解了目前的情況。

五分鐘後，主要偵查相關人員幾乎集中在刑事部長室內。

除了尾關刑事部長、田畑課長、朽木、島津和森以外，還有和本案並無關係的警務課調查官一谷在場。他是同時負責訴訟相關事務的菁英，如果有人向縣警提出訴訟，就由他負責處理。雖然這次的案件並不屬於他的業務範圍，可能因為他很瞭解司法界，所以也邀他一起加入。

「全盤否認……到底是怎麼回事？」

雙手抱在胸前的尾關部長開口問道。

「應該只是困獸之鬥。」

朽木克制著情緒回答，然後談論了對現狀的看法。

「正如我之前所報告的，湯本直也絕對不可能清白。既然他已經翻供，審判必定會變得複雜。」

「當初他沒有招供嗎？」

「最後完全招供了。」

「那為什麼又翻供？」

「不知道。」

「他說的不在場證明是什麼？」

「現階段還不清楚。」

尾關部長歪著頭說：

「太匪夷所思了。如果他真的有不在場證明，為什麼不在審訊時說？」

所有人內心都有同樣的疑問。

但是，朽木在法庭上看到湯本的冷笑後，確定一件事。

湯本根本沒有不在場證明，這只是他為了騙取無罪判決所演的一場戲——

「律師應該知道吧？」

「律師似乎也是第一次聽說，他聽了湯本的陳述後，臉色發白。」

「他甚至沒有把不在場證明告訴律師……實在很匪夷所思。」

「反正很快就會知道是怎麼一回事了，目前法官、檢察官和律師應該正在商討之後的訴訟程序。」

「嗯，根來檢察官剛才也來電，說一旦掌握消息，就會馬上和我們聯絡。」

在場的所有人都點點頭。關於不在場證明的問題，只能等待根來的聯絡。

田畑課長看向朽木。

「我記得他的律師是自己選任的？」

「是來自東京的一名姓齊藤的律師，他是湯本哥哥的朋友，但並沒有積極辯護，在起訴之前，從沒有來接見過。」

「但是嫌犯翻供了，律師只能全力以赴。」

「應該吧。」

「你認為他會如何出招？」

「首先——」

朽木想了一下說：「可能會申請重回現場的錄影帶和自白時的錄音帶作為證據。」

「交給法庭沒有問題吧？」

「我們會研究一下，但內容當然沒有任何矛盾的地方，只是無法預料法官會對湯本的說話方式和動作產生什麼樣的印象。」

「你的意思是，還無法判斷一旦交出去，對我方到底有利還是不利嗎？」

「沒錯。」

「呃——石塚審判長兩年前，曾經在Y地方法院對一起案子做出無罪判決。」

局外人一谷突然插嘴說道。

「那起案子也是被告在法庭上翻供，所以聽說有些人在背地裡稱石塚有翻案魂。」

翻案魂。這幾個字讓辦公室內的氣氛變得凝重起來。

朽木不禁沉默。如今自白已經失效，判決有罪或無罪的可能性變成五五波，但如果審判長支持被告，當然就失去了獲勝的機會。

「除了錄影帶和錄音帶以外呢？對方還會出什麼招？」

田畑課長又重拾剛才的話題，似乎想要改變氣氛。

「在瞭解不在場證明的內容後，恐怕會聲請相關證人在法庭上作證，或是勘驗現場。」

「審判長可以用自己的職權做這些事。」

「湯本故弄玄虛地隱瞞自己所謂的不在場證明，搞不好就是為了這個目的。他可能藉此向法官表示，如果太早說出不在場證明，擔心我們或是檢方會動手腳。」

在場的其他人全都恍然大悟。

尾關鬆開抱起的手臂說：

「既然他擔心會被動手腳，就意味他的不在場證明不是女人，就是背景不單純的人。」

「八成是這樣，但無論是哪一種情況，他都在說謊。凶手不可能有不在場證明。」

朽木語氣堅定地說，尾關和田畑臉色凝重。他們都曾經在刑事部多年，而且也都曾經擔任過一組的組長，只不過彼此戰績不同，朽木在這五年期間連勝二十三次，從無敗戰紀錄——

「不在場證明的事已經有個概念了。除此以外，還會出現什麼狀況？」

田畑再度化解凝結的氣氛。

「除此以外——」

朽木微微移動視線。

「律師可能會要求詰問審訊官和協助審訊的人員。」

島津和森一定很擔心遲早會提到這件事，他們一動不動地盯著桌子。尤其是島津，整個人無精打采，再加上臉腫起來的關係，看起來就像是溺斃的屍體。

這也難怪。島津被湯本狠狠擺了一道，湯本推翻在偵訊室內締結的「約定」。島津以為湯本已經「就範」，但是其實並沒有「徹底就範」。這意味著審訊官的失職。即使沒有人這麼說，島津自己就會將這把利刃插向胸口。

但是，現在沒時間為失策懊惱，事態以現在進行式持續發展。一旦島津被要求出庭作證，接受辯護律師的詰問，偵訊室內的情況就會攤在陽光下。島津曾經在偵訊室內罵湯本「狗娘養的」，拍桌踹椅，還拿菸灰缸砸人。

這些情況一定會嚴重影響石塚審判長的心證，強烈刺激他的「翻案魂」，搞不好

「島津審訊」的內容，有可能成為決定這次審判勝敗的最大判斷素材。

以網路詐騙作為幌子，以另案逮捕的方式拘留湯本，這成為警方的致命傷。一旦律師決定全面開戰，一定會追究違法的部分；同時，審訊期間太長也會成為很大的問題。包括移送檢方之前的審訊在內，前後整整審訊了湯本四十二天，過程相當於正常情況的兩倍。石塚會怎麼看湯本之前持續否認，直到審訊接近尾聲的第三十五天才終於吐實這件事？看了島津的粗暴審訊方式，必定會懷疑自白的任意性。石塚會對湯本產生同情嗎？還是會在內心為湯本鼓掌，讚許他面對嚴厲的審訊，竟然能夠撐那麼久？

朽木的腦海中浮現了湯本目中無人的笑容。

機關算盡。

這應該會成為解讀湯本這個人物的關鍵。「機關算盡」這幾個字帶著嫌惡和警戒，進入了朽木大腦的思考迴路。

他把思緒拉回現狀。本案完全沒有物證，如今，被稱為「證據之王」的自白被否認推翻，要尋找對警方有利的材料並非易事。如果島津能夠在法庭上坦蕩蕩地和律師交鋒辯論，事態可望好轉，但這個奢望恐怕無法如願。島津在這次的審訊中，曝露出他性格的底牌。雖然他認真耿直，也很強勢，一旦轉入守勢，就變得很脆弱。他自尊心很強，然而內心有很強的自卑感在。無論刺激到兩者之中的哪一個部分，他都很容易情緒激動，陷入恐慌，曝露出內心的脆弱。島津自己應該很清楚這些，他注視著桌子的愁苦表情，似乎表明不希望在法庭上接受詰問。

「要事先模擬一下，如何應對律師可能會在法庭上提出的問題。」

尾關部長的這番話，無疑是雪上加霜。

其他人都沉默不語。當初田畑課長說：「這個人很能幹，就交給你了。」把島津安插在一組。而指示島津負責審訊湯本的則是朽木，一旦出事，必須由田畑、朽木和島津三個人共同扛起責任——辦公室內彌漫著這種默契。

「不好意思，打擾了。」

隨著用力敲門聲，根來檢察官走進辦公室，打破了不知道第幾次的空氣凝結。對島津和森來說，根來的出現無疑是救星。

「終於知道湯本不在場證明的內容了。」

根來的聲音帶著一絲興奮。也許是因為他在起訴時照抄警方的筆錄，因此這名年輕的檢察官對被告翻供一事，並沒有感到太大的憤怒和屈辱。

「朽木先生，目前逃亡的大熊悟不是有一個情婦叫娑姆．茜嗎？」

「對，她是泰國籍的酒店小姐。」

「你知道大熊還有另一個情婦嗎？」

朽木第一次聽說這件事。

「聽湯本說，還有另一個情婦，名叫喬娜琳，是菲律賓人，很得大熊的寵愛，大熊還租了一間高級公寓包養她。」

大熊租了高級公寓給她，待遇的確和娑姆．西不一樣。

「聽說大熊一直努力隱瞞這件事，娑姆自認為是大老婆，很歇斯底里。」

朽木終於忍不住打斷：

「這和湯本的不在場證明有什麼關係？」

「你聽我說，湯本說，案發當天，從下午兩點到七點多時，他一直都在喬娜琳家裡。」

如果湯本的話屬實，的確涵蓋了犯案的時間帶。

尾關和田畑滿是驚愕，但他們並沒有插嘴。因為朽木鎮定自若的態度震懾了在場的其他人。

「所有這些情況都是從律師口中聽說的嗎？」

「沒錯，在開庭結束後，齊藤律師接見湯本，問到了這些情況。」

「湯本今天第一次告訴齊藤不在場證明的事嗎？」

「對，他也很驚訝。」

「在起訴之前，齊藤從沒有來拘留室接見過湯本，起訴之後的情況如何？」

「聽說去看守所接見了一、兩次，但只是見面簡單討論而已，湯本隻字未提不在場證明的事。」

朽木停頓一下。

「那傢伙有沒有說，為什麼之前隻字未提這件事？」

「他不停地向齊藤律師道歉，說很對不起，之前都沒有提這件事，還說在接見之後，才下定決心說出真相。」

「他有沒有提到在接受審訊時，沒有提出不在場證明的理由？」

「喔，關於這個問題，他說了個有模有樣的理由。」

根來檢察官說的內容完全符合朽木的想像。

湯本說他不相信警察，一旦向警方說明不在場證明，警方就會知道喬娜琳這個人，很擔心警察會先下手為強，破壞他的不在場證明。因為喬娜琳非法居留，如果警方針對她的這個弱點下手，恐怕她根本撐不住——

朽木默默點點頭，腦海中浮現娑姆．茜諂媚的臉。

「除此以外，他還說了另一個理由。」

比起坐牢，他更害怕被大熊知道，他和大熊的女人有一腿。他真心認為一旦被大熊知道，他會小命不保。但是，他在看守所聽到同房的人告訴他，強盜殺人可能會被判死刑，忍不住嚇得發抖。於是他決定鼓起勇氣，在法庭上說出真相。以後要離鄉背井，一輩子在大熊找不到的地方過日子——

朽木默默點頭。湯本反向利用了自己是小惡棍一事，試圖用姑息的藉口為自己脫罪。問題是湯本曾經坐過牢，不可能不知道強盜殺人的最高刑責。

但是……

「根來先生，石塚審判長也聽說了你剛才說的這些內容吧？」

「對，兩名陪審法官也在場，石塚審判長很感興趣，當場同意了齊藤律師提出要傳喚喬娜琳的聲請。」

「喬娜琳住在哪裡？」

朽木翻開記事本，根來這時才憤慨地說：

「說到這件事，真是太離譜了。湯本說要在喬娜琳出庭接受詰問當天，才願意公開她的住處。如果現在公開，警方和檢方可能會向喬娜琳施壓。石塚審判長聽到他的話頻頻點頭，事態的發展對我們很不利。」

4

凌晨一點半——

辦公室已經熄燈，朽木坐在自己的座位上。

沒有人，沒有聲音，也沒有燈光。只有思緒不停運轉。

根來檢察官離開後，一組的刑警和轄區警局所有刑警全體出動，尋找喬娜琳的下落。

警方很快就查明了喬娜琳的身分。她今年二十三歲，是在市區一家菲律賓酒吧「純情天使」內上班的小姐，和其他菲律賓籍酒店小姐一樣，除了在酒店坐檯以外，還會出場和客人進行性交易。她外形可愛，笑容甜美，客人都很喜歡她。大熊從今年年初開始，三天兩頭去店裡捧場，很快就用金錢、毒品和暴力，讓她幾乎成為自己「專屬」的女人。

警方也查到了喬娜琳住的地方。大熊用半威脅的方式，向目前經營房屋仲介公司的兒時玩伴無償租借了兩房一廳的房子。在徹查之後，得知喬娜琳之前的確住在一樓的一〇五室，但三月中旬之後，就沒有人再見過她。運鈔車是三月二十日遇劫，大熊很迷戀喬娜琳，按理來說，他們兩個人此刻應該開著大熊的皇冠車展開逃亡生涯。

果真如此的話，湯本主張的不在場證明就會大打折扣。除非喬娜琳回到租屋處，或是大熊遭到逮捕，否則沒有人能夠證實他的不在場證明。湯本故弄玄虛地在最後才說出無法證實的不在場證明，是否代表他並不知道喬娜琳和大熊一起逃亡了？

不，不在場證明未必是「人」，也許並不是喬娜琳，而是她租屋處的某樣「東西」，可以證明湯本犯案時間在喬娜琳家中，或是足以證明他根本不可能前往犯案地點？

會不會皮夾遺忘在喬娜琳的租屋處……然後皮夾內有便利商店的收據……收據上的日期和時間剛好就是犯案時間……

朽木冷笑一聲，但皺起眉頭。

如果喬娜琳的租屋處果真有這種東西，就等於宣告已經在這場戰役獲勝。湯本大聲主張不在場證明的東西，將成為他為了逃避罪責而偽造不在場證明的鐵證。因為在那一天、那個時間，湯本絕對就在襲擊運鈔車的現場。

朽木打開手邊的檯燈。

他拉出塞在辦公桌下，裝滿錄音帶的紙箱。這些錄音帶可以交給法庭嗎？如果朽木判斷交給法庭，會對檢警不利，就會向法院宣稱「並沒有自白的錄音帶」。

首先拿出「自白的瞬間」——朽木把錄音帶放進錄音機，開始播放。

『五月九日下午一點，現在開始審訊。』

錄音帶中傳來島津咄咄逼人的聲音。

『我說啊，今天來做一個了斷吧。』

『……』

『你從客觀的角度想一下，除了你和大熊以外，不可能有其他人吧？』

湯本沒有說話。可以感受到湯本的態度讓島津心浮氣躁，情緒漸漸激動。

『王八蛋，你不要以為不說話就沒事了。我勸你趁早死了這條心！』

『……』

『是不是你？是不是你幹的？你敢做就要敢承認，喂，小心死者的冤魂來找你，我希望你至少為死者上一炷香。』

島津滔滔不絕地轟炸。

直到錄音帶翻面，朽木才終於聽……到湯本的聲音。

『……好吧……饒了我吧……是我……沒錯，就算在我頭上吧……』

『算在你頭上？你在說什麼屁話！是你幹的吧？是不是你？喂，你給我說清楚！』

島津抓狂的聲音刺進耳朵，但湯本的聲音越來越小聲。

『……對……是我幹的……就算是這樣吧，只要你們放過我……』

朽木又換了另一盒錄音帶。

『……我剛才已經說了……請你們放過我……我頭痛得快裂開了……』

『你別做夢了！你完全沒提任何具體的細節！快說！先交代埋伏的地點！』

朽木咂著嘴。

無論聽多少捲錄音帶都一樣，完全沒有任何一盒錄音帶可以交給法庭。

島津從頭到尾都怒不可遏，但湯本則顯得精疲力盡。即使不是被認為有「翻案魂」的石塚，大部分法官聽了這些錄音，都會認為這個男人被拘留多日，每天被刑警恐嚇，失去了正常的判斷力。

機關算盡。

大腦思考回路中的這幾個字閃現。

湯本也許故意用這種方式自白，這一切都經過他的精心設計。無論是他的自白、自白的時間、自白的內容，以及帶著恐懼，無力的說話聲音，搞不好都是他精心設計的結果。

朽木看著半空。

湯本被逮捕後，就開始思考，如何才能獲得無罪判決，逃避蹲監獄的命運。

他一定根據七年前性侵案件的經驗，研擬對策。那起案件只有被害女性的證詞，完全沒有任何可以稱為物證的東西，湯本原本以為只要矢口否認，就可以脫罪，所以他在遭到逮捕後，一直到法院審理期間，自始至終都主張自己無罪，結果卻被判處有期徒刑。湯本從那次的經驗瞭解，如果只是聲稱自己無罪，無法打贏官司，這未必是有效的手段，甚至可能讓法官認為「完全不知反省」，反而影響法官的心證。無論是否真的犯罪，在沒有物證的案件中，法官的心證決定了一切，法官內心的想法，決定被告上天堂還是下地獄——他學到了這些。

所以，他想到這次要為法官演一齣戲。

劇本會這樣走——

在因為另案遭到逮捕的前二十二天期間矢口否認犯案。如果很快就輕易自白，可能會讓法官產生「果然是你幹的」這種先入為主的想法。在因為強盜殺人的罪名再次被逮捕後，仍然堅不吐實，然後等待「招供」的最佳時機。第三十五天。他認為時間差不多成熟了。他做好了「自白」的心理準備，靜靜等待島津的激動情緒達到顛峰。然後，在他認為的最佳時機上場。他字斟句酌，努力發揮最棒的演技，演出了招供的劇情。這就是錄音帶上剛才那段內容。

『……好吧……饒了我吧……是我……沒錯，就算在我頭上吧……』

『……對……是我幹的……就算是這樣吧，只要你們放過我……』

『……我剛才已經說了……請你們放過我……我頭痛得快裂開了……』

就算在我頭上吧——

這句台詞太經典，值得送上一句稱讚。

他的確賣力演出，為了證明自己的清白，他幾乎說破了嘴。但是，他已經身心俱疲，無法繼續撐下去，終於在警察嚴厲逼供之下承認犯罪。他完成了這樣的悲劇故事。

湯本在演完這場戲之後，做了精采的結尾。他在第一次開庭時大喊無辜，向審判長求助——我是冤罪的犧牲品，請庭上救救我這個可憐的人。

朽木用力咬緊牙關。

他無法把「主演．湯本」的錄音帶交給法庭，但是法官當然認定警方手上有審訊時的錄音帶，因此，一旦警方不交出錄音帶，法官就會對警方的審訊方式存疑。由此可見，無論是否把錄音帶交出去，法官都會形成對湯本有利的心證。

——贏得了嗎？

朽木自問。

他開始確認能夠抗衡的情況證據。

在襲擊運鈔車案件的四天前，湯本前往澀谷一家派對用品店，買了兩頂強盜帽。雖然無法因此證明他犯案，但可以成為證明他和大熊事前商議犯案的重要證據，而且也從店家的玻璃展示櫃上採集到湯本的指紋，這個事實不容否認。

但是，不難預料，湯本會在下次開庭時，「修正」當初自白的供詞。雖然的確去了那家店，買了強盜帽，但所謂「事前商議」是警方捏造的故事，自己只是聽從大熊的命令，所以去買了兩頂帽子，完全不知道大熊的使用目的——

一旦他如此改口，情況就會變得很棘手。湯本以前就是大熊的「跑腿小弟」，如果他堅稱他們現在的關係也和以前一樣，就很難反駁。

失竊車輛的事呢？

襲擊案件發生時，他們從現場附近的空地開到大熊家的那輛失竊車輛，最後在F市郊區的河岸旁發現了。那是鄰縣的大樓物業管理公司名下的白色廂型車，車主在兩週前向警方報案，說車輛遭竊。實地查訪後，發現了湯本和車輛之間的關聯。案發隔天晚上，有人在市內一家自助式自動洗車場看到很像湯本的人，而且他當時用洗車場的吸塵器仔細清潔白色廂型車內。根據目擊者的證詞畫出的肖像畫和湯本本人驚人地相似。島津針對這件事審問湯本，他供稱是大熊偷了那輛廂型車，自己完全沒有參與。在第三十五天自白後，他雖然承認是他去丟棄了車子，但對丟棄地點始終交代不清，最後島津在一氣之下逼問他：「是不是丟在河岸？」他才點頭。這不能算是建立在任意供述基礎上的「揭露旁人不知的案件秘密」，這顯然也是湯本的計謀。

湯本恐怕會在法庭上否認自己丟棄廂型車的事實。不，除了沒有明確交代丟棄廂型車的地點以外，湯本很詳細地供述了犯案後，他和大熊針對事後處理的商議內容。他鉅細靡遺地交代了和大熊之間的談話，島津沒有嚴厲逼供。湯本到時候可能會認為針對這件事，無法在法官面前聲稱「這也是警方捏造的事」，既然這樣，就會說出和強盜帽問題相同的謊言，說是在大熊的要求之下，去了廢棄工廠。那時候才得知襲擊運鈔車案件，大熊命令他去丟棄車子，他只能乖乖聽命——

朽木再次咬緊牙關。

除此以外，就只剩下運鈔車駕駛兼島的證詞。他在出院之後，立刻隔著單向透視玻璃，指認了戴著黑色強盜帽的湯本。他說「沒錯，就是這個人」時，雙腿忍不住發抖，但是他在案發現場並沒有看到湯本的臉，三名法官，尤其是審判長石塚，不可能重視兼島的證詞。

——有辦法贏嗎？

朽木再次自問。

這不是能不能贏的問題，而是無論如何，都非贏不可。一組的挫敗等同於F縣警的失敗。

喬娜琳。

新加入大腦思考回路的名字閃現在腦海。

不在場證明……機關算盡。

這兩件事有點格格不入。湯本自在地操控自白這種猛藥，針對庭審研擬了周到的對策，為什麼事到如今，提出這種可說是不清不楚、焦點模糊的不在場證明？

是陷阱嗎？

湯本聲稱，在喬娜琳出庭作證的那天之前，都不會說出她的住處。湯本猜想只要吊警方的胃口，警方一定會追查出喬娜琳的下落，然後上門搜索。到時候就可以向法官表示，果然不出所料，警方會不擇手段，破壞不在場證明，然後讓審判朝向對他有利的方向發展——

之前腦海深處就閃起了危險信號，因此朽木沒有下令下屬闖入一〇五室。在戶外監視的森用緊張的聲音回報說，房間的鑰匙放在使用數字密碼鎖的信箱內，可以不透過管理員就闖入。森暗示可以用喬娜琳和大熊的生日等數字組合，試著打開信箱的鎖，但朽木沒有同意。因為一旦下令闖入，搞不好就落入了湯本的圈套。

但是，如果湯本的目的在於引誘「警方有勇無謀，犯下操之過急的疏失」，意味著他提出的不在場證明完全沒有實體，只是擾亂偵查的工具。只要警察不闖入喬娜琳的住家，他的計謀就落空了。不僅如此，法院遲早會進入喬娜琳家勘驗現場，一旦得知他主張的不在場證明毫無根據，欺騙法庭的湯本就會陷入困境。

這個賭注太危險了。

湯本是在清楚此舉危險性的情況下，決定孤注一擲嗎？還是他已經在喬娜琳家中動了什麼手腳？

朽木抱著雙臂，身體靠在椅背上。

他看不到湯本的臉。

他看不到湯本外皮下的臉，撕下湯本外皮後所露出的真正的臉——

朽木把手伸向錄音機。

他把寫了「身世經歷」的錄音帶放進錄音機，按下播放鍵。就在此時——

朽木眨了幾下眼睛。他有一種感覺，好像自己忘了什麼事。

過了一會兒，他才找到模糊的記憶。那是今天白天，有一個單字即將進入大腦思考迴路，但最後飄走了。不，不是單字，而是有人對朽木說的一句話。

『你在小學五年級之前，都住在北見村嗎？』

『對，到第二個學期為止。』

朽木思考中斷，錄音機內傳出島津和湯本的聲音。

『嗯？北見村不是因為建造水壩，整個村莊都被淹沒了嗎？』

『不，我老家在更北邊，在七沼附近。』

『七沼？』

『你不知道那裡嗎？有七個大小不同的池沼連在一起，所以稱為七沼，我家在大約兩公里左右的西方。』

那是在審訊詐騙時的錄音帶，雙方的態度都很從容鎮定。

朽木閉上眼睛。

湯本嘴角的笑容。

朽木在腦海中回想著他的薄唇露出的冷笑，豎耳細聽著錄音帶的聲音。

5

眼瞼很熱。

朽木坐起身，用襯衫的袖子擦了擦雙眼的淚水。即使擦了之後，淚水仍然不停地溢出來。每次醒來都會流淚。即使父母去世時，也不曾流過的淚水，總是在醒來時不停地流。

電話在響。

朽木從休息室的床上起來，推開了辦公室的門。窗外天色已亮，牆上的時鐘指向五點四十五分。

組長桌上的電話在響。

「我是一組的朽木。」

『是我。』

電話中傳來田畑課長的聲音。聲音聽起來很緊張。

『島津遞了辭呈。』

朽木重新握緊電話。

『我去拿報紙時，看到信箱裡的辭呈，他可能趁深夜偷偷丟進信箱。』

「他在辭呈上寫了什麼？」

『就是很常見的因為個人生涯規劃，沒寫什麼特別的內容。』

「我瞭解了，我現在就去島津家裡看一下。」

『麻煩你了，如果有什麼消息，隨時和我聯絡。』

田畑課長為把島津推薦給一組這件事道歉，但在這件事上，朽木和田畑是命運共同體。

『另外──你有沒有看報紙？』

「沒有。」

『報導的篇幅很大，看來報社那些記者看到被告否認犯案，簡直樂壞了。』

朽木稍微整裝之後，拿了幾盒湯本供詞的錄音帶後來到一樓。各家報社的早報已經送到玄關值班室前的走廊上，他撿起一份報紙開始翻閱。

他看到了斗大的標題。

『被告湯本主張全面無罪』、『案發當天的不在場證明？』、『痛批警方審訊』──

朽木走出玄關，走向停車場。三組的組長村瀨剛好從停車場走過來，他扁平的圓臉上泛著油光。

村瀨走到朽木面前時開了口。

「早安。」

「真早啊。」

「剛才終於逮到了連續縱火犯。」

「是嗎？」

「你們似乎有點焦頭爛額。」

村瀨擦身而過時，一臉幸災樂禍。

朽木坐上了組長專用的車子，把錄音帶塞進車上錄音機，在車子發動的同時，車內響起湯本的聲音。

『喂喂喂，別亂說啊，我可沒有餵她吃藥。那是合意性行為，是女人要求我上她，結果搞不清楚狀況的處男刑警硬說那是強暴。』

島津可能提到了七年前性侵女性的事，湯本的態度傲慢不羈。

車子駛入商店街前。已經清晨六點多了，但人煙稀疏，也沒什麼車子。

島津選擇逃避。

一旦審訊湯本的審訊官不敢出庭作證，這場官司就穩輸了。到時候湯本就會獲得釋放，嘴角浮現卑鄙的冷笑，逍遙法外。

——絕對不能讓他再露出笑容……

小雨滴打在擋風玻璃上。

這些雨滴打在了他的心上。

拜託你，從今往後，請你不要再笑了——

二十三年前的那天也一樣，烏雲密佈的天空中飄下雨滴。

那天在光天化日之下發生搶案，他從警用無線電聽到消息時，剛好就在案發現場附近，於是就鳴起警笛趕往現場。開快點。他命令開車的年輕刑警。引擎發出呼嘯聲。車子駛入了市區，他看向左前方保持警戒，以免有人突然衝出來。

就在雨刷刷掉雨滴時，看到一個年輕女人怔怔地站在麵包店前的人行道上。女人的頭髮很長，她的雙眼看向人行道和車道之間的那排杜鵑花。

就在下一剎那，一個穿著藍色長褲的幼童從杜鵑花後方衝向車道。

事後才知道所有的情況。

那名幼童才兩歲七個月，是個父不詳的孩子，而且有聽力障礙。

即使年輕刑警踩了煞車，緊急轉動方向盤，但為時已晚。幼童的身體太矮小，在撞到的瞬間，完全看不到人影。

只聽到聲音。

咚。

朽木坐在椅子上的屁股彈起來，可以感受到車輪輾過了柔軟中帶著堅硬的東西。

因為急速轉動方向盤而失控的座車，衝上中央分隔島，迎面而來的大貨車把車身右側連同年輕的刑警一起撞飛出去。

朽木搖搖晃晃地爬出車子。雨下得很大，路上躺著兩具屍體，都已經不成人形了。他緊咬的臼齒縱向裂成了兩半。

他仰頭望天。

這是他這輩子第一次向神明求救。

但是，奇蹟並沒有發生，只有雨不停地打在他的臉上。

年輕女人披散著淋濕的頭髮。那是母親的臉。她緊緊抱著好像一扭就會斷裂的幼小屍體。

她大聲呼喊。

小達！小達！

『島津先生，你也搞不清楚狀況。我不是說了，不是我幹的嗎？我沒有做任何壞事。』

守靈夜之後，朽木在年輕的母親面前下跪道歉。

她懇求般對朽木說。

從今往後，請你不要再笑了——

早知道應該點頭。早知道應該默默點頭。

但是……朽木在無意識中抬起頭，注視著母親的眼睛。

他內心帶著懷疑。

她當時在那家麵包店前的人行道上，到底在看什麼？

她真的只是在看杜鵑花的樹叢嗎？

她是不是看著兒子？是不是屏住呼吸，看著隨時會衝出車道的年幼兒子？

她的兒子失聰，而且父不詳，所以——

五天後，那個母親在浴室割腕了。

『夠了，你為什麼一直對我說那個保全他家的事？不管他家有四個孩子還是五個孩子，都和我沒有關係。』

朽木現在終於知道。

那個母親當時的心已經完全死了。

請你發誓，這輩子永遠都別再笑了——

只要內心仍有一絲情感，都不可能說出如此殘酷的話。

她當時應該真的在發呆，只是短暫放空了幾秒鐘。她對日常的生活感到疲憊，或是正在想什麼事，並沒有看兒子。

她內心已經空了，但是她努力尋找。在刑警用充滿懷疑的眼神注視下，她在內心深處的每個角落努力尋找。

然後，她找到了。

早知道不該生下這個孩子——

甚至不知道她是否真的有過那樣的想法。那是朽木內心產生後，強加給剛失去孩子的母親的幻影……她回應了朽木的「期待」，走上絕路。

事到如今，他終於知道自己沒有辭去刑警的原因了。

那天之後，他持續在夢中撕下外皮。每一天、每一天都撕下嫌犯的外皮，仔細端詳外皮下面那張臉。

不是只有我而已，這個傢伙也一樣。這個傢伙比我更爛——

『你有什麼權利做這種事？你根本沒有資格說我是殺人凶手。既然這樣，你拿出證據啊。王八蛋，你根本沒證據，憑什麼高高在上地對我說話！』

朽木打開了雨刷的開關。

他並不關心島津的人生。

但是，想要撕下湯本直也的外皮，就不能對島津放手。

6

「你好……謝謝你平時對外子的……」

島津太太剛起床，臉上寫滿訝異地打招呼。那是他們租的透天住宅。島津太太從事內衣銷售工作，在她升上區經理後，他們夫妻搬出了縣警的宿舍。

「島津還沒起來嗎？」

「不，他不在家。昨晚和哥哥一起喝酒，然後就住在哥哥家……他哥哥家就在附近。」

朽木問了去島津哥哥家的路，準備轉身離開時，果然不出所料，島津太太叫住了他。

「請問，外子他怎麼了？」

「他遞了辭呈。」

「啊……」

但是，看她的表情，顯然知道這件事。可能島津曾經向她暗示過。

朽木看向半空。

和島津太太的對話，讓他想起了「忘記的事」——就是來不及進入大腦回路的那句話。

事先就知道——

昨天走出地方法院時，那個臉上有雀斑的女記者問了朽木這個問題。

組長，你是否事先就知道湯本會否認犯案？

這句話暗示了重大事項。他在確定的同時，放在胸前的手機震動起來。

是警務課的一谷調查官打來的。

『有新的參考資訊，我想還是告訴你一下比較好。』

「什麼事？」

朽木冷冷地問，一谷有點不高興反問：

『你不想知道嗎？』

「且聽無妨。」

電話中傳來輕輕的咂嘴聲。

『是關於湯本直也的律師齊藤的事。我查過了，齊藤在新宿開了一家法律事務所，但經營不善，向湯本的哥哥借了錢，這次為湯本辯護是為了抵債。』

朽木的腦海中浮現了齊藤皺巴巴的西裝。

『也就是說，那個律師連買火車票來這裡的錢都沒有，一旦打贏這場官司，就可以拿到後酬，搞不好會全力以赴。』

朽木沒有道謝就掛上電話。一谷並不是擔心刑事部和朽木的處境，一旦縣警遭到媒體抨擊，總部長和警務部長必定會大動肝火，到時候警務部那些伺候總部長和警務部長的人，日子可就不好過了。

朽木離開了島津家。島津太太直到最後，都沒有唉聲嘆氣。一定是因為她自己有生活能力。朽木的期待落空。原本打算把島津遞出辭呈的事告訴他太太，讓他太太幫忙勸阻，沒想到——

朽木的內心被更大的失望烏雲佔據。怒火在內心燃燒，那是強烈的憤怒。

開車到島津的哥哥家不需要五分鐘。他按了門鈴後，不一會兒，看起來像是島津哥哥的人穿著拖鞋走出來。朽木報上了姓名，他誠惶誠恐地深深鞠躬。

「很抱歉，給你添了很大的麻煩。」

島津的哥哥似乎早已耳聞目前的狀況。

「我聽說他在這裡。」

「對，他在二樓……該怎麼說，他狀況不太好，不知道能不能和你見面……」

哥哥努力保護年近四十的弟弟的模樣，已經不僅僅是滑稽，而是令人感到悲哀了。

「只要十分鐘就好。」

朽木嘆著氣說完，走過不知所措的島津哥哥身旁。他自顧自地脫下鞋子，走上樓梯。

島津可能已經聽到了朽木在玄關和他哥哥的對話，他跪坐在已經折好的被子旁。

「嗨。」

「……辛苦了。」

朽木在島津面前盤腿坐下。他們之間的距離很近，只要伸手就可以碰到對方的身體。

「你打算辭職嗎？」

島津垂著頭。即使他低著頭，還未消腫的右臉頰仍然格外醒目。

「……」

「為什麼要辭職？有話直說。」

「……對不起，我無法勝任。」

在重案一組當審訊官的壓力太大了。不用島津說，朽木也知道。但是——

「就只有這樣而已嗎？」

「……」

島津陷入沉默時，朽木得出了一個結論。

昨天打島津的手機時，立刻就接通了。島津當時應該在附屬醫院候診，但他的手機並沒有關機。因為他並沒有去醫院，而是在某個地方等電話。也就是說——他預料到朽木去法庭旁聽後，會打電話緊急找他。

朽木低下頭，伸長脖子看著島津的眼睛。

「你是不是事先知道湯本在開庭時會否認？」

島津的眼睛瞪得兩倍大。

下一剎那，朽木的拳頭打在島津沒有腫起的那一側臉頰上。

島津縮得像隻蝦子般後退，在房間角落，用額頭頂著榻榻米。

「對、對不起。」

他彎起的後背劇烈起伏，淚水沾濕榻榻米，雙手抱頭。

朽木等待片刻。他也需要一點時間平息內心的憤怒。

接著，話音響起。

「對不起……湯本……那個傢伙擺了我一道……」

島津抬起頭，他的臉上完全沒有血色。

「那一天……第三十五天的時候，湯本終於自白了，我發自內心鬆了一口氣。我心想，太好了，他終於招了，我終於有臉面對一組的同事了。沒想到……」

他的聲音沙啞，嘴唇微微發抖。

「……兩天後，我關掉錄音機準備休息，森離席去廁所時，湯本露出奸笑說──這下子你也完蛋了。」

朽木用沉默示意島津繼續說下去。

「我聽不懂他這句話的意思。隔天、第三天，只要單獨和湯本在一起時，他都會說這句話。即使我問他這句話是什麼意思，他也不回答。就算我逼問他，要求他把話說清楚，他也笑而不答。我……越來越不安。」

島津完全落入了湯本的圈套。他內心的不安與日俱增。「你給我說清楚」也漸漸變成了「請你告訴我」。「你想聽嗎？」湯本欲擒故縱，故意吊他的胃口。最後，島津終於低頭拜託他：「拜託你告訴我。」那是逮捕第四十天發生的事。湯本得意地點點頭，自信滿滿地說：「不瞞你說，我有完美的不在場證明。」

「我聽了這句話，頓時有一種五雷轟頂的感覺……」

當時自白筆錄已經完成，根來檢察官也已經處理好相同內容的檢調文書。最重要的是，島津已經身心俱疲。他身負一組的重責，眼前的湯本像軟體動物般難以捉摸，他當然知道上面在懷疑他身為審訊官的能力。在走投無路之際，費盡了千辛萬苦，好不容易逼出了湯本的自白，沒想到竟然在最後關頭翻盤。嫌犯說他有不在場證明。

島津驚慌失措，覺得眼前發黑。所有的筆錄都成為泡影，一切都要從頭開始。不，已經來不及了。拘留期限只剩下兩天，根本沒時間從頭開始。島津用力抓著好像在灼燒般的胸口。

湯本在說謊。島津這麼想。他努力這麼告訴自己。但是，他沒有自信。島津並沒有讓湯本「就範」的真實感。他帶著半信半疑回了家。他不敢提這件事，沒有告訴森，也沒有向朽木報告。萬一湯本真的有不在場證明……每次想到這件事，胃液就湧到喉嚨口，晚餐也食不下嚥，躺在被子裡，身體顫抖不已。那一晚，他完全無法闔眼。

隔天——就是拘留期限的最後一天。當偵訊室只剩下他和湯本兩個人時，湯本問他：

「你有沒有向上面報告？」

「我沒有說，先不說這件事，拜託你告訴我，你到底有什麼樣的不在場證明？」島津用求助的語氣說道，湯本立刻放聲大笑起來。他眼角瞥向目瞪口呆的島津，捧腹大笑起來，然後嚴肅地對他說了這句話。

島津先生，這下子你也成了共犯——

「我渾身發抖……發自內心地發抖……」

島津用幾乎聽不到的聲音說完這句話，閉上眼睛。

朽木抱著雙臂，仰頭看著天花板。

湯本的演技顯然更勝一籌。在自白之前，有三百個小時。湯本在這麼長的時間內，始終用冷靜的雙眼持續觀察島津。他一定自以為是諮商心理師，接受審訊的不是湯本，而是島津。他看透島津的性格，解讀了島津的處境，甚至掌握了島津內心的痛處。

偵訊室內的立場終於逆轉。狹小密室內展開的攻防並不是在湯本自白之前的三十五天，島津和湯本真正的戰役，是在自白後最後的那一個星期。

「之後發生了什麼事？」

就連曾經經歷過大風大浪的朽木，也很害怕繼續聽下去。

「湯本威脅我……他說要把我沒有向上面報告這件事抖出去……我一次又一次低頭向他拜託，請他饒了我，不要這麼做。」

島津徹底「就範」了——

「之後呢？」

長時間的沉默後，島津嘆著氣說：

「……他拿了毛髮給我。」

「毛髮？」

「頭髮和陰毛……他要我把那些毛髮放在那間高級公寓的床上……」

那是喬娜琳住的地方。

朽木忍不住低吟。島津被根本不存在的不在場證明唬住了，嫌犯甚至要求他協助製造虛假的不在場證明。

製造不在場證明……

不，不對。這樣的不在場證明根本沒有意義。頭髮和陰毛上並沒有日期和時間，即使放在床上，只能證明床上留下了男女可能曾經交歡的痕跡。

——既然這樣，湯本為什麼這麼做？

思考無法順利進行。因為影響思考的罣礙就在眼前。

朽木把臉轉向島津。

湯本絕對有某種企圖，於是就將魔爪伸向了F縣警搜查一課一組的副警部。

朽木注視著島津腫起的臉頰。

——到底是哪一種情況？

只是因為害怕去法庭旁聽，才故意把臼齒弄出問題，還是在絕望的深淵用力咬緊牙關，導致臼齒縱向裂成兩半？

只要問當事人，就知道答案了。

「你做了嗎？」

島津抬起了被淚水濕透的臉。

「……我沒有。」

朽木從腹底深處長嘆一聲說：

「不要對任何人提起這件事。第三十五天之後的事，你要帶進墳墓。」

「組長……」

「你想辭職是你的自由，但是必須等審判結束之後。」

島津低下頭，朽木粗暴地抓起他的下巴，迫使他抬起了頭。

「是要站在證人席，還是要上吊自殺——除此以外，你還有其他選擇嗎？」

朽木起身。

他走下樓，叮嚀在樓下一臉擔心的島津哥哥，不要讓島津離開視線，然後就走向停在外面的車子。

接下來，只要揭露毫無意義的不在場證明的真相就好。當他閃過這個念頭時，停下腳步。他的身體繃緊，只有腦袋在動。小小的光點發出強烈的光芒，宛如落雷般衝擊了全身。

毫無意義的意義——

眨了幾次眼睛的工夫，感覺好像有數小時。

朽木握緊拳頭。

看到了。

他清楚看到了湯本直也「外皮下的臉」。

7

十天後——

一個頭上蓋著夾克的高瘦男人站在八層樓的漂亮公寓前，兩名壯漢守在兩側。

朽木對著那個男人後背說：

「鬧劇已經演完了嗎？」

湯本直也和兩名監所管理員同時轉頭看過來。

朽木雙腳打開，滿是威嚴地站著。

兩名監所管理員抖了一下，立刻交換眼神。是重案一組的「青鬼」——看守所的職員當然都認識他。

湯本不慌不忙，從夾克深處露出的三白眼似乎在說：「喔喔，原來是你啊。」

朽木大步走過去，小小說了聲「借一步說話」，推開了其中一名監所管理員，然後抓住湯本的夾克，把他耳邊位置的夾克稍微掀起。

「你現在是怎樣的心情？」

湯本沒有回答，將視線移向高級公寓。順著他的視線望去，就是大熊悟包養喬娜琳的一〇五室。石塚審判長、根來檢察官、齊藤律師，以及縣警的幾名鑑識課人員正在室內進行勘驗。由於目前仍然無法掌握喬娜琳的下落，石塚認為很難傳喚喬娜琳到庭作證，於是就以自己的職權，決定來現場勘驗。湯本剛才也在室內，指出了在犯案時間點，他和喬娜琳上床的那張床鋪。因為室內空間不大，湯本說明完畢後，就被帶到室外等待。

朽木壓低聲音說：

「你承諾要給律師多少錢？」

「啊？我聽不懂你在說什麼？」

夾克內傳來模糊的聲音，語氣中帶著輕蔑。

朽木看向一〇五室。鑑識人員應該會在喬娜琳的床上採集到湯本的毛髮和陰毛。

島津拒絕了湯本，但是——

律師齊藤把毛髮放在喬娜琳的床上。

雖然齊藤從來沒有出現在警局的拘留室，但在湯本遭到起訴，移送到看守所羈押之後，曾經數次前往接見。因為律師有接見交通權，可以單獨和被告面會，但是F看守所很老舊，透明隔板上有好幾個通聲孔，湯本的毛髮和陰毛，就是從這些數毫米的細孔中，從看守所帶了出來。

一切都是湯本的指示。喬娜琳租屋處的鑰匙放在數字密碼鎖的信箱內，湯本之前是大熊的「跑腿小弟」，經常出入喬娜琳家，知道鑰匙放在哪裡，更知道密碼的數字。

偽造不在場證明的報酬是一千萬，也許湯本向律師承諾會給他一千五百萬。那是襲擊運鈔車搶到的現金一半的金額，事務所經營陷入困境的齊藤聽到這個金額，應該會垂涎三尺，躍躍欲試。

「很出色的不在場證明。」

「……什麼意思？」

湯本問話的聲音中帶著試探。

朽木更加堅定了內心的確信。

湯本原本就無意證明自己的不在場證明。湯本牢記了一件事，偽造的不在場證明遲早會被識破，但是在法庭上宣稱自己有不在場證明，讓法官認為他可能有不在場證明才重要。和自白時表現出弱者的演技一樣，湯本主張自己有不在場證明，是為了引導法官形成對自己有利的心證所進行的一場表演。

於是，他製造了像空氣般似有若無的不在場證明。那是雖然無法證實，但也永遠不會被推翻的不在場證明——

朽木問：

「你為什麼沒有在案發當天晚上，就把那輛偷來的車子丟棄？」

「不關你的事！」湯本的語氣煩躁，「你趕快滾吧，已經沒你們的事了。」

「只是閒聊而已，我只是好奇，大熊已經被人看到了臉，難道你不認為把偷來的車子一直放在他家，直到隔天才去丟棄很危險嗎？」

「我聽不懂你在說什麼，反正我和搶案無關。」

蓋著夾克的腦袋轉向朽木，只露出一隻眼睛，但眼中帶著冷笑。

「不許笑！」

「啊？」

朽木的聲音太低沉，湯本似乎沒聽到。

幾個男人陸續從一〇五室走了出來，齊藤律師一臉滿意，八成是鑑識人員順利採集到了頭髮和陰毛。

湯本似乎也確信自己贏了，可以看到他在夾克陰影下的臉浮現奸笑。

「我不是叫你不許笑嗎！」

朽木抓著夾克，把湯本的臉拉到自己面前。

「你、你要幹嘛……」

「你回答我的問題！為什麼沒有當天就去把車子丟棄？」

「這種事，我怎麼可能知道？」

「不是你不去把車子丟棄，而是無法在那天晚上丟棄車子，我說得沒錯吧？」

湯本臉色大變。

「案發當天晚上，你開的是那輛皇冠車，車上載了大熊和喬娜琳。」

犯案後，和大熊之間的討論——湯本唯一詳細供述的這些內容都是捏造的。島津完全沒有誘供，他就主動大談特談。理由只有一個，那就是他有必要讓警方認為他和大熊分頭行動。

「你……你這是恐嚇，我要告訴審判長。」

湯本露出求助的眼神看向停車場。石塚審判長正在和根本檢察官說話。

「你不害怕嗎？我真的會說喔。」

「你說啊——告訴審判長，你還殺了兩個人。」

所有的動作都靜止了。聲音也消失了。

不。

咔嗒、咔嗒。那是運動毛巾下，銬著手銬的雙手發出的聲音。湯本全身顫抖。

朽木繼續說道：

「目前已經出動上百人，去七沼的池底打撈。」

「呃……」

那輛皇冠車，還有所有物證，兩具屍體，應該都沉在七沼池底。大熊的臉被司機看到了，遲早會被警察逮捕，到時候，自己也難逃法網。湯本如此思考。只要大熊活著，就會一輩子支配自己，把自己當成「跑腿小弟」，他想幹掉大熊。這種想法是否也促使他決定殺人？

喬娜琳只是遭到池魚之殃，而且湯本利用她製造了不在場證明。湯本殺了她之後，掌握了「沉默」這張王牌。正因為他知道喬娜琳已經不在人世，因此永遠無法證實，也無法被推翻的不在場證明，成為湯本內心完美的不在場證明。

「王八蛋……」

充血的雙眼、露出的牙齦，像狂犬般急促的呼吸。湯本「外皮下的臉」已經曝露無遺，但只是讓朽木決定要加派人手搜索「七沼」。

「在死之前，記得要說出那些錢的下落。」

朽木淡淡地笑了笑，咬緊牙關，皺起眉頭，然後轉身大步離去。

第三時效

1

對不起，我昨天太驚慌失措，現在心情比較平靜了，就詳細說明一下案發當時的情況。

那是五日傍晚六點多的時候，我接到武內電器行的武內利晴打來的電話。他說：「明天會很忙，我想等一下去妳家裝冷氣機。」我回答說：「那就太好了。」因為連續好幾天晚上都很悶熱，都睡不好，很希望冷氣可以趕快裝好。我丈夫在深夜開計程車，要早上才會回家，但我並沒有想太多。我想應該是因為從小就認識武內利晴，才會沒有戒心。武內讀小學和國中時，身材都很矮小，大家都叫他「武大郎」，即使武內現在體型已經完全不同，我也從來沒把他視為異性。

裝完冷氣機後，武內還說「這是客戶服務」，幫我調整了電視和錄影機。我走去廚房，打算去削蘋果請他，表達感謝。那時候快九點了，我拿著蘋果和水果刀回到客廳，發現電視螢幕上是A片畫面。那是我丈夫前一天租回家的錄影帶，放在錄影機內沒有拿出來。現在回想起來，只能怪自己太輕率了，但是當時我並沒有馬上關掉電視。因為我覺得慌慌張張反而很丟臉，而且武內還是單身，也許我想調侃他一下，或是表現出成為人妻後已經不會大驚小怪的從容，總之，我笑著對他說：「男人真是的。」

但是，氣氛立刻變得很奇怪。武內不發一語注視著電視螢幕，我聽到他的喉嚨發出了兩、三次吞口水的聲音。我說了聲：「關掉吧。」然後起身準備走去關錄影機，他突然從背後抱住我，然後把我撲倒在榻榻米上。他把我翻過來，騎到我身上。我嚇得說不出話，當他開始脫我的襯衫時，才終於回過神用力抵抗。

武內拿起桌上的水果刀，抵住我的臉頰，低聲對我說「不要叫」、「我馬上就好」。他露出我從來沒見過的可怕表情，雙眼充血，呼吸很急促。我當時覺得一旦反抗，他可能會對我動粗，搞不好會殺了我。我心生恐懼，全身不停地顫抖，只能順從他。我覺得時間很漫長，滿腦子只希望趕快結束。我從頭到尾都在哭。

武內發洩完之後，終於起身，小聲說了句：「對不起。」當武內開始穿衣服時，我聽到玄關的門打開的聲音，我無意識地叫了一聲：「救命。」接著聽到廚房傳來匆忙的腳步聲，我丈夫很快走進來。他看到我一絲不掛，瞪大眼睛，發出像野獸般的叫聲，衝向準備逃走的武內。他們扭打成一團，倒在榻榻米上。我雙腳發軟，動彈不得，一個勁地叫著：「不要打了，不要打了。」

他們兩個人的身體終於分開，我發現武內握著水果刀，用水果刀對著我丈夫，我丈夫站在客廳門口附近，武內連續吼了好幾次：「讓開！」我丈夫倒退著走進廚房，回頭看了一下。他看到豎在冰箱旁的金屬球棒。那是他之前從公司帶回來的，說是如果遇到強盜，可以用來防身。武內同樣看到了那根金屬球棒，大叫一聲：「別亂來！」我丈夫轉身跑了幾步，武內也跑過去。當我丈夫拿起金屬球棒的同時，武內把刀子刺進了我丈夫的後背。我丈夫「啊！」了一聲，然後癱倒在地上。

我已經說過好幾次，之後的情況我記不清楚了。我猜想應該是在大聲叫喊求救。

2

時間支配了公寓內的這個房間。

房間內所有人都凝視著電視機旁的座鐘。秒針沿著白色鐘面左側向上移動。「9」……「10」……「11」……時針、分針和秒針在「12」的位置重疊時，有人的手錶發出了嗶嗶的電子聲。半夜十二點。「計程車司機命案」發生至今已經整整過了十五年。

本間倖繪低頭看著榻榻米，深深嘆了一口氣。她縮著肩膀，原本就很瘦小的身體好像又小了一圈，讓人看了於心不忍。

那幾個男人——F縣警重案搜查股的成員，一點都沒有放鬆。桌上的電話裝了反向追蹤器。逃亡中的武內利晴可能誤以為時效已經消滅，也許會打電話給倖繪。

真正的時效消滅時間是在七天後的半夜十二點。武內殺害了本間敦志之後，曾經去台灣避了七天的風頭。根據刑事訴訟法第兩百五十五條，當凶手出境時，出境期間的時效就會停止。雖然很多民眾藉由新聞報導和小說中知道這個條文，但並沒有可以認定武內也知道這件事的根據。毫無疑問，接下來這七天無疑是逮捕武內最後、也是最大的機會。搜查一課稱今天為「第一時效」，七天後為「第二時效」，悄悄在全縣佈下天羅地網，做好了展開特別搜查的準備。

凌晨一點多，室內只有電風扇的聲音。在女警的多次要求下，倖繪躺在榻榻米上，戰戰兢兢地把涼被拉到胸口，躺在女警背後，背對著那幾名男人。

電話始終沒有發出任何聲響。

森隆弘靠著牆壁盤腿而坐，用習慣動作摸摸腦袋。在這裡守了兩個星期，成為他個人招牌的小平頭也變長了，摸起來很不舒服。他很習慣等待，他成為刑警多年，認為這就是自己的工作。

凌晨兩點多時，隔壁房間的紙拉門打開了，穿著T恤和熱褲的本間宥彩出現在走廊上。她今年十四歲，目前是國中二年級，走出房間後沒有看在場的男人一眼，就走進漆黑的廚房，打開了冰箱。冰箱內的燈光照亮了她很像倖繪的漂亮臉龐。

不，並不是所有五官都很像。

負責保護宥彩的森，他的視線不由自主地看向她飽滿的耳垂。倖繪的耳垂很小，連穿打耳洞都沒什麼空間，母女兩人的耳垂毫無共同之處。宥彩的耳垂和遭到殺害的本間敦志的耳垂也明顯不同。說起來很殘酷，宥彩的耳垂形狀和武內利晴大頭照上的耳朵一模一樣。

武內也注意到了。三年前，他打電話問倖繪：

「那孩子是不是我女兒？」

冰箱的門關上，宥彩拎著寶特瓶裝的可樂，瞥了森一眼，消失在隔壁房間，只留下輕微的腳步聲。

誘餌——

森的腦海中閃過楠見組長蒼白的臉，楠見組長如此形容宥彩。森的胸口產生微微作嘔的感覺。即使在「第一時效」的今天，楠見也沒有出現在這裡。這名外號「冷血」的前公安刑警從來不透露自己內心的想法，甚至不讓下屬知道自己身在何處。

3

天色亮了起來。

霞公寓的一〇四室內只有三床被子和十個人的行李。搜查一課在半個月前租下這間房間，由楠見率領的重案搜查二股，俗稱「二組」的人員進駐。本間母女住在隔了一個房間的一〇二室，在兩個房間之間走動時，都會避開玄關，而是從公寓後方、面對電鍍工廠外牆的落地窗進出。

森俐落地脫下襯衫和長褲，鑽進牆邊的被子。小睡三個小時後，他就要暗中護送宥彩上學。這是他這兩個星期來日復一日的生活。

照理說，他現在應該和一組的同事一起追查在高音町發生的粉領族命案，沒想到卻被派來協助在縣警內地位不如一組的二組，這讓他有點丟臉，但他並沒有對前來支援這起「計程車司機命案」有任何意見。

森和這起案件頗有緣分。在案發當時的十五年前，森也被派來支援這起案子的偵查工作。當時他剛結束派出所的勤務工作，被調到轄區警局的刑事課。接獲發生命案的通知後，立刻開車和前輩刑警一起趕往鄰近分局的轄區內。森在當時意外立了大功。他在柏青哥店的停車場內發現了「武內電器」的小貨車，同時也在位於那家柏青哥店和本間夫婦當時所租的透天住宅中間的兒童公園內，打聽到了目擊消息。有人目擊，一名年輕男子在沖洗滿是鮮血的手——

他的刑警之路可說是出師順利。如果沒有立下那天的功勞，自己是否有機會被拔擢到總部當刑警？如今已經成為資深刑警的森，仍不時這麼想著。

「計程車司機命案」雖然讓一名年輕刑警仕途順利，但案子本身並沒有解決。武內利晴幾乎算是從警方手中溜走。他回到家中的電器行，收拾行李，告訴父母「我去一趟東京」，就逃亡出了國。如果搜查一課當時想到這種可能性，就能夠在他出國或是回國時把他逮捕歸案。

「嗨，森。」

身旁響起一個模糊的聲音。是負責保護倖繪的宮嶋。倖繪在附近超市擔任收銀員，宮嶋每天都負責注意觀察她周圍的情況。

「什麼事？」

森把毛巾被蓋在肚子上的同時問。

「既然沒有接到電話，是不是代表那傢伙知道時效延長的事？」

「現在還不清楚。如果他要打電話，會等到天亮之後吧？」

「他到底有沒有發現？你認為是哪一種情況？」

森想了一下後回答說：

「五五波。」

武內高中一畢業，就馬上繼承了家業的電器行，沒有機會學習法律的相關知識，但是森不止一次在電視劇中看到刑警利用時效中斷，逮捕凶手的劇情。

「話說回來，不知道本間太太的心情如何……」

宮嶋自言自語地說。

森也正在思考這個問題。

十五年前，醫生告訴倖繪懷孕一事。是丈夫的孩子，還是——據說倖繪幾乎崩潰錯亂，脫口說了「天譴」這句話。她很自責，她認為無論是丈夫遇害，還是懷了不知道父親是誰的孩子，都是因為她沒有保持應有的戒心，無意中勾引了武內才造成的。她需要心理輔導，據說她接受了超過三十次心理諮商。

對她來說，一定是痛苦的決定。最後，她選擇生下孩子。

倖繪當時對朋友說，她認為絕對是丈夫的孩子。因為那是他們結婚第三年，正在積極「做人」。少不更事談戀愛時，她曾經墮胎過兩次，如果再次墮胎，以後可能就無法再生孩子了。她當時曾經哭著這麼說。

宥彩的耳垂就是答案，她的血型也和武內一樣，是B型。天譴。倖繪再次深有感慨地重複了這句話。殺夫仇人的女兒。不知道倖繪如何接受這個女兒的誕生，又不知道這十四年來，帶著怎樣的心情養育宥彩長大。

「她果然不希望武內被逮捕歸案嗎？」

原本以為宮嶋睡著了，沒想到他小聲嘀咕著。

「……也許吧。」

森嘆著氣回答。

他甚至不太願意輕易想像倖繪內心的想法。她信任從小一起長大的玩伴，沒想到竟然被強暴，一定承受了很大的心靈創傷，而且丈夫還被殺害，又造成她多大的仇恨？然而，殺害丈夫的兒時玩伴，卻是宥彩的親生父親。

她是否至今仍然為自己無意中勾引了武內而自責？森的腦海中浮現了來這棟公寓之前，所看的倖繪筆錄內容。「大意」、「輕率」、「調侃」、「人妻已經不會大驚小怪」。她在案發兩天後，對慘劇仍然記憶猶新的情況下接受偵訊，筆錄中不時可以看到她為自己的過錯而懊惱的詞彙。

最大的問題是，她擔心女兒的未來，為此痛心。宥彩並不知道自己身世的秘密，警方也沒有對外公布倖繪遭到強暴的事，但是一旦武內被抓，接受審判，隱藏在命案背後的強暴事件將會攤在陽光下。宥彩很可能因此得知可怕的真相。

森閉上眼睛。

他想起在迎接半夜十二點的瞬間，倖繪深深嘆了一口氣的樣子。森覺得她當時的樣子似乎是鬆了一口氣。

真希望武內永遠不要落網。希望整件事就這樣不了了之——這或許是倖繪的真心想法？

果真如此的話，她還不能這麼快就放心。因為距離「第二時效」還有七天。如果武內不知道時效中斷這個事實，就可能會聯絡倖繪。

三年前，他曾經打電話給倖繪。

那孩子是不是我女兒？

武內為命案的事再三道歉後，戰戰兢兢地問了這個問題。倖繪明確否認，但武內不停追問：「真的嗎？」還依依不捨地說：「我會再打電話給妳。」才終於掛上電話。

倖繪立刻報警。當時的搜查一課頓時興奮不已。武內知道宥彩的存在。既然他說「那孩子」，就意味著他曾經親眼看到宥彩，即使只是短暫的時間，他也曾經闖入本間母女的生活圈。倖繪證實，武內似乎是從公用電話打電話給她。搜查一課認為武內可能「潛伏在縣內」，然後展開了和這次相同的大規模偵查。當時手上剛好沒有其他案子偵辦的重案三組進駐了這棟公寓，守在房間內，等待武內再次打電話來。

沒想到極機密偵查以意想不到的方式失敗了。媒體探聽到這件事，報紙刊登了「凶手打電話到被害人家中」的消息。可能顧慮到本間母女的隱私，報導中並沒有提及電話的內容，但是在縣警眼中，等於被迫公開了偵查計畫。武內之後就沒有再來電過。他一定得知媒體報導了自己的事，擔心遭到警方反向追蹤，便放棄和倖繪聯絡。

但是——

一旦時效消滅，情況就不一樣了，不必再擔心被追蹤，而且警方也對他莫可奈何。武內一定很關心宥彩，自從上次那通電話之後，他沉寂了三年，內心一定累積了滿滿的感情。一旦武內確信時效已經消滅，一定會對倖繪或是宥彩做出某些行動。

不知道會是今天，還是明天，抑或是在「第二時效」之後？總之，縣警只能等待，只能祈禱武內犯錯，同時默默等待。

先睡一下再說。

森把毛巾被塞到腋下，背對著宮嶋。

他很清醒。

也許是因為剛才想像了倖繪的內心，一張眼神憂鬱的瓜子臉悄悄浮現在他腦海。

進藤秋子。

之前在辦案查訪時認識她至今已經半年，在執行這次任務之前，第一次和她上了床。森要她趕快和她丈夫離婚。秋子聽後，流下一行眼淚。她比森大兩歲，今年三十七歲，離開了家暴不斷的丈夫，帶著八歲的兒子躲躲藏藏過日子。秋子懇求地說，希望再給她一點時間。

森重重地嘆口氣，用毛巾被蓋住腦袋。七天後就是「第二時效」，即使再怎麼不願意，這起案件都將落幕。

但是……

他思考著倖繪的內心。無論最終是怎樣的結果，她內心的苦惱都無法在這七天內解決。森接受了好不容易出現的睡魔召喚，但腦海深處仍然想著這件事。

4

清晨六點半，鬧鐘鈴聲打斷了淺眠。

森洗完臉，同時順便草草洗了頭。他從後窗進入一〇二室時，發現宥彩已經換上制服，正坐在餐桌角落吃吐司。「早安。」他輕聲打了招呼，從宥彩後方經過時，像往常一樣，聞到了洗髮精香香的味道。

宥彩難得心情很愉快。

「咦？森叔叔，你剛才也洗了頭嗎？」

「看得出來嗎？」

「嗯，因為你今天早上不是爆炸頭。」

倖繪剛好從盥洗室走出來，她剛化完妝。雖然因為睡眠不足，氣色不太好，但仍然美得令人眼前一亮。她的眼角仍然可以看到昨晚的寬心之感。

好幾個熬夜守在這裡的刑警臉上都冒著鬍碴，只要看他們的臉，就知道武內並沒有打電話來。既然早上沒有接到電話，今天晚上就是「重頭戲」。武內不需要再擔心會被逮捕，沒有理由拖延不和倖繪聯絡。反過來說，如果今天晚上武內沒有打來，很可能已經發現了時效中斷這件事。

「應該會繼續執行任務吧？」

森問。二組的植草主任看著電話說：

「是啊。電話完全沒響。」

「楠見組長有沒有什麼指示？」

「他那裡也完全沒有消息。」

指揮官缺席的異常狀態持續多日，就連被派來支援的森都有點不高興了。

「他到底在哪裡？」

「誰知道啊，再怎麼思考也不會知道公安仔去了哪裡。」

植草毫不掩飾嫌惡，不屑地說，旁邊兩人也都面露不悅。

森發出了無聲的嘆息。

沒有任何一個小組擁有圓滿的人際關係。刑警是人人都很愛爭功的世界，總部重案股的成員更是如此，只要稍微大意或是疏忽，馬上就會被貶到轄區警局，隨時都必須繃緊神經，即便是同組伙伴，內心深處也可能把對方視為假想敵。

然而，一旦投入偵查某起案件，每個人就會壓抑自我，充分顧好分內職責，齊心致力完成逮捕凶手這個唯一而絕對的目標。警察組織就像是村落社會，小組是最小單位的「家庭」。一切都是為了小組，一切都是為了不讓組長蒙羞。刑警們自我提醒要重情重義，把跋扈的「自我」壓抑在內心深處。

但是，二組的情況又是如何？完全沒有任何一個下屬願意為楠見流汗拚搏。不，楠見這個人根本沒想過對下屬動之以情。在他眼中，下屬只是可供使喚的對象。森這次加入支援後，很快就發現了這件事。

楠見起初為森安排的工作，是要求他去調查F地方法院刑事部的法官所出入的場所——高級日本餐廳、酒店、高爾夫球場、圍棋會館和朋友住家。楠見指示森查出所有這些地方後，向他報告。森打從心底覺得驚訝。他猜想這是公安的偵辦方式，但是完全猜不透為什麼偵辦「計程車司機命案」，需要調查法官的情況？森問了理由，但是沒有得到答案。楠見凹陷眼窩深處那雙無神的眼睛，迫使他只能默默執行命令。

要說匪夷所思，森同樣搞不懂高層為什麼安排楠見率領的二組偵辦這起案件。楠見身上背負著難以消除的疑雲。不是別的，就是三年前消息走漏一事。

是誰告訴記者，武內打電話給倖繪？

當時曾經徹底清查獵巫，可以確定絕對是一課的人走漏消息。因為當時為了保密，根本並沒有告訴縣內的轄區警局，凶手打電話去被害人家中的事。

最後還是沒有查出洩密的人。一課的所有刑警都堅決否認，由於遭到懷疑而感到憤慨，同時怨嘆不已。森也一樣。刑事部內有一條不成文的規定，「絕對不會向記者透露其他小組的偵查情況」。這是因為大家都知道，一旦破壞這個規定，就會陷入永無止境的報復戰泥沼。既然這樣，負責偵辦這起案子的三組當然就最可疑，但是，沒有人會蠢到把一旦曝光，會毀了整起案件的消息告訴記者。

最後，懷疑的焦點就集中在來路不明的「外來者」楠見的身上。雖然沒有根據，也無法瞭解洩密的目的，但是根據建立在刑事部不成文的刪去法，矛頭指向了楠見這個之前曾經是公安刑警的組長。三組的村瀨組長曾經怒不可遏地問楠見：「是不是你？」楠見沒有回答，那對無神的眼睛好像威嚇般看著村瀨。

這個懷疑至今仍然無法消除，然而，高層又為什麼派楠見來負責這起案件——

「我出門了。」

宥彩向倖繪打了一聲招呼，走向玄關。

植草低聲對著無線對講機說了聲「二號出門上學」。森以眼神向植草致意後，走出後窗，來到戶外。他快步走過和電鍍工廠之間的狹小縫隙，繞過旁邊傢俱倉庫的外牆，來到馬路上。不需要尋找，就看到了「二號」的身影。宥彩走在二十公尺前方，不用十分鐘，就可以走到她就讀的中學。

和跟蹤時不同，森的雙眼沒有盯著宥彩的後背，而是確認她的視線所及的那些男人，腦海中不停地和武內利晴的長相進行比對。乍看之下很和善的臉，無論長相有多大的改變，都不可能錯失他那對飽滿的耳垂。

宥彩一直在意腳上那雙鞋子的後跟。那是她昨天才剛穿的樂福鞋。

森和她保持一定的距離跟在後面。

開始執行這項任務後，深刻瞭解到宥彩是一個讓男人回頭率多高的少女。和她擦身而過的高中生……等公車的上班族……打開商店鐵捲門，準備開店的老闆……開車經過的男人……每個人都會多看宥彩幾眼，而且森發現有很多男人把看美女視為日常的樂趣。有些人只是怦然心動，也有人摩拳擦掌，很想上前搭訕；更有人習慣用眼神意淫。宥彩周圍有許多隨時可能變成跟蹤狂的男人蠢蠢欲動。之前曾經聽宮嶋說，宥彩的母親倖繪年輕時的感情生活也很豐富。森在觀察了宥彩兩週之後，會用相反的方式表達這件事——是周圍那些男人看到倖繪的美貌，自然而然被吸引。

宥彩來到了人來人往的大馬路。

兩個……三個……四個……森看到許多二組的刑警，也有人和女警偽裝成情侶。機搜隊的便衣警車穿越眼前，接著又看到另一輛車子停在路肩，假裝下車買香菸。

宥彩在等紅燈。有一個棒球帽壓得很低的中年男人站在斑馬線對面，抬眼注視著宥彩。一名刑警悄悄靠近，故意把手帕掉在地上，在撿手帕時轉頭看了男人的臉。

宥彩走過斑馬線，然後走向下坡道。她低頭看看錶，稍微加快腳步。周圍的刑警向森使了眼色之後，向周圍散開。

宥彩就讀的中學就在前方，她開心地和同學走在一起，然後又和另一群人會合。她回頭看了森一眼，然後就融入那群制服的身影，走進校門。

森輕輕吐了一口氣，從長褲口袋中拿出手機，打給植草主任。

「二號到校，沒有異常，我現在前往A站。」

森轉身往回走。A站是沿著來路往回走三十公尺左右的兩層樓老房子。屋主吉田是預防犯罪協會的委員，他太太是女性駕駛人俱樂部的會員，可以說，夫妻兩人都很支持警察。這次雖然沒有告知他們理由，但他們二話不說，就決定無償提供二樓的房間。

「今天也打擾了。」

「每天都辛苦了。」

森和身材像啤酒桶的吉田太太簡短打招呼後，走上了樓梯。這間朝南的三坪大房間是吉田家小女兒出嫁前住的房間，森把椅子放在仍然掛著粉紅色窗簾的窗邊，淺淺地坐在椅子上，看著學校前那條馬路。通勤上學的尖峰時間已過，路上人影稀疏。

他不認為武內會出現在這裡。

但是，任何當刑警多年的人都知道，在辦案過程中，經常會發生「意料之外」、「不可能」的事。也許是因為犯罪的本質，就是打破社會常識和既定概念的行為，因此監視行動總是大規模進行。這次在學校附近的四條路上都進行定點監視，總共有A到D四個監視站。

A站的路上沒有人影。

森看到學校操場角落有一個人影。舉起望遠鏡一看，發現是體育老師。

三十分鐘……一個小時……

森感到脖子有點僵硬，動了一下。

他突然想起了秋子身上的味道。就在這時，一個站在馬路旁的男人背影映入他的眼簾。男人就站在這棟房子前面。

森忍不住吞著口水。

男人簡直就像是聽到了他吞口水的聲音，轉過頭，抬頭看向他所在的二樓窗戶。

一對無神的眼睛。兩週不見的楠見毫無預警地出現了。

5

幾分鐘後，房間的門打開了。

森從椅子上起身，默默鞠躬。楠見沒有回禮，殺氣騰騰地走過來。

「讓開！」

楠見盛氣凌人地說，當森離開椅子後，他站在窗邊，看向學校的校舍，然後不發一語地觀察了一陣子。

沉默讓森感到心神不寧。他覺得該說些什麼，卻想不到可以說什麼。和沒有共同話題的人共處一室渾身不自在。雖然都在縣警，又同在搜查一課，目前還偵辦相同的案子，但森仍然找不到任何可以和楠見聊天的話題。

這種情況完全是楠見造成的。這個男人除了主動找對方說話以外，拒絕和其他人之間建立任何的關係，也會關閉溝通管道。

「森──」

楠見一如往常，突如其來地打開溝通管道。他冷漠開口的同時，沒有感情的雙眼看向了森。

「這裡沒你的事了，你去了結那女人的事。」

森聽不懂這句話的意思。

女人？了結？

森瞪大眼睛。

怎麼可能——

「你調查我？」

森的聲音微微顫抖。

楠見拿出香菸，點了火。

「我並沒有調查你，只是剛好被我的天線掃到而已。」

「你……掃瞄到什麼？」

「進藤秋子的老公是左派分子。」

「並不是這樣。」

森努力用冷靜的語氣回答。

「他只是受到周圍人的煽動，比較積極地參加公會的活動而已，而且她打算和老公離婚，我不認為這有什麼問題。」

「他們真的會離婚嗎？」

楠見立刻反問，森一時答不上來。秋子還沒有下定決心要和她丈夫離婚。

「我——相信他們會離婚。」

楠見聽了森的回答，緩緩吐了一口紫煙。

「……沒想到還真的有人會笨到相信女人的話。」

森差一點情緒失控。

「什麼意思？」

「就是字面上的意思。」

「請你別扯那些泛論，她——」

「趕快斷了和她的關係。」

楠見用沒有起伏的聲音打斷了森的話。

「她就是賣身，用美色來交換好處的女人。除了她老公和你以外，還有其他男人，她正在盤算到底要把自己賣給誰。」

森腦中一片空白。

賣身……這兩個字和秋子完全扯不上關係。

所以森才能夠保持理智。

「如果你是說那個房仲業者，我知道這件事。她告訴我，那個房仲像親人一樣照顧她，為她找到了遮風蔽雨的地方。」
「她有告訴你，住在那裡根本不用付房租嗎？」
「呃？」
「你知道那個房仲業者讓她住在那裡，卻分文不收嗎？」
森全身繃緊。
聽秋子說，她目前住的房子房租四萬五千圓。森上個月給了她三萬圓。秋子當時還鞠躬向他道謝說：「不好意思，那就先借我。」
森搖了搖頭。
他斥責自己，為什麼要把這種男人說的話當真？自己不是比任何人更瞭解秋子嗎？她並不是會說這種謊的女人。
森加強語氣說：
「你沒資格對我說三道四，至於她的事，我會自己思考。」
「你還想聽我繼續說下去？」
「沒必要，因為我打算和她在一起。」
楠見把香菸塞進花盆的泥土裡。
「那你就先遞辭呈，就可以盡情地和賣身女廝混了。」

賣身女。第二次聽到這幾個字，直擊他的腦袋。

森握緊了拳頭。

「你再說一次看看！」

「你還沒有汲取教訓嗎？」

「汲取什麼教訓？」

「十年前，你向曾經是公安委員的女警求婚，結果又怎麼樣？」

「啊……」

「女人就是這樣的動物，不惜用肉體或是任何東西，誘惑對自己有利的對象，直到最後一刻。」

「閉嘴，你這個公安仔！」

如果不是聽到樓梯上傳來的腳步聲，森一定會撲上去揍人。

「兩位久等了。」

門打開了，吉田太太搖晃著龐大的身軀，送麥茶進來。

「喝吧喝吧，趁還冰的時候趕快喝。」

森抬眼瞪著楠見。

他的身體微微發抖，憤怒從大腦貫穿他的全身，同時也感到害怕。眼前這個男人可以面不改色地傷害人心，他還是個人嗎？

他不由得想起了楠見的過去。

那是八年前的事。楠見以公安刑警的身分，對某邪教組織展開調查，開始蒐集情資。花了半年的時間，吸收了出入該邪教組織的一名十八歲女生成為他的線民。雖然同樣是協助警方，但那個女生和提供這個房間的吉田夫婦性質完全不同。那個女生是奸細，也就是間諜。楠見透過那個女生，獲取了大量有關邪教組織的情資，但是，當邪教組織內部開始懷疑那個女生時，他就立刻翻臉不認人，斷絕來往。最後，那個女生在邪教組織逼問之下坦承了一切，被集體凌虐致死。

不久之後，楠見就特別晉升為警部。因為那個邪教組織凌虐殺人成為警方的突破口，遭到強制搜查，但是，不知道是否因為那個被利用後含冤而死的女生留下怨念，邪教組織的餘孽在縣內大量散發揭發楠見行為的傳單，楠見身為公安刑警的日子結束了。森當時也看到了傳單，傳單上不僅寫了楠見的名字，甚至大篇幅刊登了不知道從哪裡打聽到的、楠見在公安部門的經歷和身穿制服的照片。

之後，楠見被調往總部的各個管理部門。警務課、厚生課、情報管理課，聽說他進入各部門後，暗中尋找潛伏在組織內部的邪教組織支持者——這都是因為在調查後發現，傳單上的楠見照片，是用警務課所保管的底片洗出來的。也許楠見因驅除內賊而立功，因此突然以意想不到的方式，恢復了刑警的職務。

之後，他並沒有回到公安部門，而是進入搜查一課。這種情況並非完全沒有前例，當時正值「推倒柏林圍牆」，宣告東西冷戰結束後，剛好輿論大聲呼籲必須強化刑事部，不少無法繼續從事公安工作的中階主管，紛紛被調到搜查一課。

但是，之前從來沒有公安刑警進入成為刑事部「招牌」的重案搜查股，而且楠見一下子就被拔擢為二組的組長。刑事部的刑警個個驚愕不已，進而感到憤怒。尤其是被迫接受空降主管的三組內的刑警，毫不掩飾內心的憎惡。在那次洩密疑雲中，村瀨咄咄逼人地質問他，不光因為楠見是外人，覺得他可疑，更因為牽涉到組內論資排輩升遷的怨恨。然而，即使憑著「辦案天才」的名聲為所欲為的村瀨，也無法以他解決問題的行動力來擊敗楠見。

楠見回應了上面對他的期待。這三年來，他經手的案子全都順利偵破，如今，他的實力被認為和率領一組的朽木不分軒輊。綽號為「青鬼」的朽木同樣很冷漠，令人難以捉摸，但森身為他的直屬部下，有時候會看到他隱藏在那張撲克臉下的熱情、憤怒和悲傷。在全心投入案件時，的確可以在某些瞬間，親身感受到朽木全身沸騰的熱血。

但是——

楠見不一樣。「冷血」刑警。森今天第一次深刻體會到二組的刑警在私底下為他取的綽號。

吉田太太的腳步聲下樓後，森立刻先發制人。

「我直話直說，我是一組的人，不需要聽從你的指示，請你不要干涉我。」

楠見點了第二支菸。

「好啊——你走吧，我負責監視誘餌。」

「這我也恕難從命。當初是尾關部長命令我來支援，我不能未經部長的許可就離開崗位。」

楠見那雙無神的眼睛注視著森。他冷漠的視線讓人不寒而慄。

森吸了一口氣，帶著從此和他斷絕關係的決心對他說：

「當然，這七天結束之後，我就會走人，今後永遠都不會在你的手下做事。」

短暫的沉默。

楠見轉過身，走向門口，然後停下腳步，背對著森說：

「如果七天之後，還沒有結束，你打算怎麼做呢？」

「呃？」

森感到震驚不已。

還有第八天嗎？

不可能。一旦「第二時效」消滅，警察就束手無策了。

「什麼意思？」

森問道。但楠見已經關閉溝通管道，細瘦的背影消失在門外，只留下一縷紫煙。

6

從上午到下午的漫長時間，森都悶悶不樂。起初在思考時效的事，但秋子的事漸漸吞噬了他所有的思緒和情感。

楠見臨走前那些刺耳的話，讓森感覺就像肚子上挨了一記重拳，隨著時間慢慢發酵。對秋子的猜疑雖然一度消除，但又重新湧上，從來不曾見過的房仲業者也在他的想像中變得面目可憎。

他從口袋裡拿出手機已經不下五次或是十次，想要打電話給秋子的衝動一次又一次襲來，有一次，他甚至已經找出秋子家裡的電話號碼，顯示在手機螢幕上。

身為一組成員的自尊心讓他壓下了這股衝動。必須為隨時可能發生的意外狀況做好準備。手機是外界和身處此地的他聯絡的唯一管道，萬一有什麼突發狀況，需要緊急聯絡時，而森正跟女友「通話中」——雖然可以找到很多藉口，但如果真的發生這種事，森恐怕無法原諒自己。

即使心已飛走，至少雙眼仍然堅守崗位。正因為他有這種自負，因此當宥彩突然闖進房間時，森意識到自己的表情相當嚴肅。

「你的表情好可怕。」

宥彩扮著鬼臉說。雖然她的笑容很迷人，但總覺得她有點強顏歡笑。

「問你喔，我會不會很礙事？」

「我之前應該說過，妳不可以來這裡。」

「小氣鬼，稍微一下下有什麼關係。」

如果是楠見，應該會馬上把她趕走。如果用來引誘武內利晴上鉤的「誘餌」跑來刑警監視的房間，誘餌就無法發揮作用。

「五分鐘而已，可以吧？對吧？對吧？對吧？」

「嗯……那真的只能五分鐘。」

森在內心咂著嘴，低頭看著手錶。目前四點半剛過。在「第一時效」之前，宥彩曾經有兩次和那些逃避參加社團活動的學生一起，偷偷溜出校門來這裡。宥彩參加了網球社，如果不是這樣溜出來，都固定在傍晚六點放學。

「今天一直都很想睡覺，昨天晚上，你們不是一直發出窸窸窣窣的聲音嗎？」

宥彩辯解道，但她來這裡的目的，是想探聽森手上的情報。

「真正的時效是在一個星期後吧？」

「是啊。」

如果武內除了去台灣以外，還有其他出國紀錄，才會出現所謂的「第三時效」。

森在上午充分思考了這件事，如此解釋楠見那句令人費解的話。

「不過，宥彩妹妹，妳之前已經答應，不會把這件事告訴同學。」

宥彩嘟著嘴說：

「我當然知道啊，但你可以別叫我宥彩妹妹嗎？」

「啊啊，對不起。」

宥彩笑了。然而她生氣的表情和笑容都不太自然。

「但是，殺了爸爸的人，知道真正的時效嗎？」

「不太清楚。」

「這樣啊。」

宥彩在發問時，不停地在房間內走來走去。她顯然不希望森察覺她內心的想法。

森在椅子上坐下，看向窗戶。他今天不太想和宥彩聊天，也許是因為剛才一直在想秋子的事，因此感覺突然出現的宥彩有點介入大人的事。

已經過了五分鐘嘍。森正準備說這句話時，宥彩帶著笑容，用輕鬆的語氣開口：

「殺爸爸的凶手，其實是我的親生父親吧？」

自從負責保護宥彩以來，森隨時做好了迎接這個「意外」的準備，但他仍然不知道自己的應對是否完美無缺。他先是驚訝，然後笑了出來，最後以無奈的表情回應：

「說什麼傻話。妳是不是做了惡夢？」

宥彩目不轉睛地注視著森的臉，試圖在森的眼眸中尋找大人的謊言。

「我在網路上看到的。」

宥彩這次很認真。

「森叔叔，你是不是不知道？網路上可以看到以前的舊報紙，我看報紙上這麼寫。」

森拚命忍住臉頰的抽搐。宥彩在套自己的話。報紙上並沒有刊登過這件事。

「那種報導是隨便亂寫的。」

森沒有否定宥彩的話，而是否定了報導。就算報紙上真的曾經報導過這種內容，他也打算回答絕無此事。

沒想到宥彩不肯罷休。

「我覺得是真的。」

「不可能有這種事。」

這時，宥彩突然把頭轉到一旁說：

「因為，我的耳朵和爸爸、媽媽都不一樣……」

森屏住呼吸。
原來她真的查了當時的報紙，然後在報紙上看到受通緝的武內照片。雖然是正面照，但仍然可以看到武內飽滿的耳垂。
「是嗎？」
森裝傻問道，然後輪流看著宥彩左右兩隻耳朵。
「而且——」
宥彩抓著耳垂，手指很用力。
「在我很小的時候，媽媽她……」
宥彩的指甲掐進耳垂中，淚水在她一雙大眼睛中打轉。
「這樣用力掐……我說很痛……而且還哭了……」
森說不出話。
「然後，媽媽又摸著我的耳朵，很溫柔地，像這樣，好像在摸貓一樣……」
宥彩摸著自己的耳垂，在摸的同時，淚水撲簌簌流下。
「媽媽以為我不記得這件事，但是我全都記得。我很害怕……超害怕……」
森伸出手，抓住了宥彩的手腕，讓她鬆開自己的耳垂。
「不可能啦。」

森從乾澀的喉中擠出這句話。

「妳可以去問媽媽，妳和妳爸爸的血型都是B型，但凶手的血型不一樣，是A型。這是警方調查的結果。」

宥彩瞪大眼睛看著森。她努力想要相信。她試圖相信。

她顫抖的雙唇動了動。

「真的嗎？」

她的聲音帶著最後一絲希望。

森已經無法回頭了。

「真的啊。」

森用力地說。

本間敦志已經躺在墓碑下，只要武內不被逮捕，這個謊言永遠不會被拆穿。

他內心突然湧起一個想法。

千萬不要被抓！

這輩子都不要出現在這個孩子面前！

森注視著宥彩的雙眸，暫時放棄了刑警的職務。

7

那天晚上，「霞公寓」一〇二室的電話仍沒有響起。

由於之前認為今晚是重頭戲，因此二組的刑警都很失望。武內果然知道時效中斷的條文了。雖然沒人說破，但看看大家的表情就知道，全都產生這樣的想法。

凌晨三點半。森和宮嶋一起回到一〇四室。

「王八蛋，他果然知道。」

宮嶋準備睡覺時低吟道。

森輕輕點點頭，脫下上衣。他覺得自己的想法已經和二組的刑警不一樣了，同時有些內疚。千萬不要被抓。身為刑警，一旦有這種念頭，就沒有資格再出現在這棟公寓。

宮嶋在刷牙時問：

「所以宥彩相信了嗎？」

森停下正在解釦子的手。他向植草主任報告了關於血型的事，請植草主任轉告倖繪。這是為了統一口徑，宥彩很可能問母親相同的問題。

「她看起來相信了。」

「你完成了重要的使命。」

「是啊，我覺得好像體會到了為人父母的心情。」

「聽說本間太太很感謝你。」

「是嗎？」

「話說回來，本間太太今晚看起來神清氣爽，簡直就像回了魂。」

「是啊。」

「看她的表情，似乎認為應該抓不到了。反正無論是哭還是笑，都只剩下六天了。」

沒錯，又過了一天。距離「第二時效」只剩下六天了。但是……

「宮嶋，我問你。」

「嗯？」

「武內除了去台灣以外，還有去其他地方嗎？」

「為什麼現在問這種問題？怎麼可能有這種事？當初是我調查的。」

「你調查的？」

「對啊，絕對不會錯，他只有去台灣的那七天不在國內。」

森歪著頭。

既然這樣，楠見的那句話是什麼意思？

『如果七天之後，還沒有結束，你打算怎麼做呢？』

聽楠見的口吻，還有第八天，也就是有「第三時效」，所以森原本以為除了台灣以外，武內還去了其他國家，但是負責直接調查這件事的宮嶋斷言「不可能」。

除了出國以外，其他中斷武內利晴時效的方法……

森想不出來。假設有共犯，那名共犯遭到起訴，武內的時效也會中斷，但這起案件並沒有這種情況，既然這樣，「第二時效」就成為無法動搖的死線。

如果七天之後還沒有結束……

森再次玩味著楠見說的話。

楠見在說這句話時，並沒有提到「時效」這兩個字。難道不是指時效，而是指其他的事嗎？

秋子的事。森突然想到這件事。

在那個房間時，和楠見只聊了案件和秋子的事。如果不是指案件，那就是指秋子的事。這是合理的推論，問題是秋子和楠見的那句話到底有什麼關係？

森搞不清楚狀況，越來越不安。白天和楠見談話後明白，楠見不把女人放在眼裡。他輕視、嫌惡女人，而且這種強烈情感根深蒂固，即使說是憎惡也不為過。他侵犯並非直屬部下的隱私，而且竟然罵秋子是賣身女，試圖拆散森和秋子。難道他還有後續的動作？楠見打算耍什麼計謀，徹底打擊秋子嗎？

「我問你——」

森低頭看著躺進被子的宮嶋問：「楠見到底是怎樣的人？」

「別提他了，我一想到他就心情惡劣。」

宮嶋瞪著天花板說。

「你告訴我，他為什麼這麼痛恨女人？難道他媽拋棄了他？」

「不，他的家世不錯，父母都是學校的老師。」

「那該不會年輕時，曾經吃過壞女人的苦頭？」

「這種事我怎麼知道？」

「一定有什麼原因，否則不可能變成那種人。」

宮嶋枕著握起的雙手，只把眼睛移向森。

「你什麼時候變成電視名嘴了？」

「什麼意思？」

「並不是非要有理由不可啊，做我們這一行，不是有時候會遇到這種人嗎？有正常的父母，成長過程中沒有受到什麼限制壓抑，也沒有經歷過什麼挫折，有漂亮的老婆、可愛的孩子，卻若無其事地描述把人大卸八塊的場景，說得好像只是在解剖青蛙。」

森有一種恍然大悟的感覺。

宮嶋注視著天花板繼續說道：

「如果我們拚命找，或許能夠找到某些理由，但是，即使叫囂是家庭或學校的錯，或是社會的錯也於事無補。現實中不是有些人就是無法矯正嗎？縣警總共有三千個人，以機率來說，有一個像他那樣的人根本不足為奇。」

8

時間很無情。

時間會追趕、超越人，甚至拋下停下腳步的人，把一切都變成無法重來的過去。

霞公寓一〇二室再度被時間支配。目前是晚上九點多，距離「第二時效」——真正時效消滅只剩下三個小時。

本間母女和五名刑警都在客廳內，宥彩正在看電視的綜藝節目，倖繪也看向電視的方向，因為座鐘就在電視旁。

二組的人都悶不吭聲。植草主任用耳機聽著警用無線電，旁邊兩個人抱著手臂，閉上眼睛，不時微微睜開眼，輪流看向時鐘和桌上的電話。

森無所事事地坐在牆邊的固定位置。

不逮捕武內也沒有關係。這種想法並沒有改變，內疚不再像以前那麼強烈。因為他覺得無論自己怎麼想，在午夜十二點之前，桌上的電話並不會響。

武內利晴顯然知道時效中斷的事。這個房間內所有的人都不會對此有意見。

目前全縣安排了數百名口袋裡放著武內照片的警察，所有便衣警車都在街上巡邏，注視觀察人行道和電話亭，但是這種特別搜查很快就會結束。

「妳先去睡吧。」十一點多時，倖繪對宥彩說。宥彩很聽話，笨拙地對森擠眉弄眼後，輕手輕腳地走去自己的房間。

毫無遺憾地迎接案件時效消滅的一刻——森第一次有這樣的經驗。坐在他身旁的宮嶋想必也是相同的心情。雖然宮嶋是二組的刑警，但這三個星期以來，他都負責保護倖繪，深刻瞭解逮捕武內將對身為被害人的這對母女造成二度傷害，把她們逼入絕境，因此這起案件無法激發刑警身為獵犬的本能。

「那一刻」終於即將到來。

深夜十一點五十五分……五十六分……

森的腦海角落浮現了「第三時效」這幾個字。

但是，楠見並沒有現身。果然是自己多慮了。什麼事都沒有發生，分針漸漸移向「12」。

五十八分……五十九分……

半夜十二點——「計程車司機命案」的時效消滅。這次是真的消滅了。

室內的空氣頓時鬆懈下來。植草拿出了塞在耳朵內的耳機。

「結束了。」

他的聲音深有感慨。

倖繪的表情並沒有變化，她微微垂著雙眼，看著桌子。這時，她突然抬起眼睛，因為玄關的門打開了。

森瞪大眼睛。是楠見。他殺氣騰騰地出現在客廳，環顧客廳。這是他第一次來這裡。

楠見瞥了森一眼，森也回瞪他。兩個人之間似乎有一道微弱電流。

植草起身。事到如今，你還來幹嘛？雖然他露出這樣的表情，但說話仍然很客氣。

「我們已經完成任務，準備撤退了。」

「繼續執行。」

楠見言簡意賅。

在場的所有人都瞪大眼睛。

繼續偵查——

「為什麼？」

倖繪開口問道。

「時效不是已經消滅了嗎？既然這樣，為什麼……」

楠見一雙無神的眼睛看向倖繪。

「因為已經起訴凶手了。」

森大吃一驚。

起訴了武內利晴？

倖繪不停地眨著一雙大眼睛。

「我不懂，這是怎麼回事？你們不是沒有逮捕他嗎？」

「就算沒抓到人，仍然可以起訴。六天後是第一次開庭，只要在開庭之前，把凶手逮捕歸案就好。」

「啊！」森輕輕叫了一聲。

原來所謂的「第三時效」，就是在未逮捕武內的情況下，直接起訴他。

在法律上的確可以這麼做。雖然簡稱為時效，但其實是指「追訴權時效」。也就是說，是讓罪犯在法庭受審的最後期限。警檢必須在這一天之前找到罪犯，向法院聲請審判。換句話說，即使沒有完成逮捕的手續，只要確定罪犯，就可以要求起訴。

楠見採用了這種方式。六天後第一次開庭審理，他打算在這個「第三時效」之前找到武內，把他送上法庭。這根本是高難度，不，是超高難度的事。

但是——

起訴下落不明的凶手——以前從來沒有聽過這麼離譜的事。雖然法律上沒有問題，但要付諸實現根本是不可能的任務。起訴嫌犯是檢察官的職權，首先必須說服檢察官，讓檢察官點頭。縱使有辦法讓檢察官點頭，法院的法官會輕易接受審理的聲請嗎？雖然法官沒有權限拒絕受理，但這是前所未聞的「凍結時效」，法官怎麼可能協助刑警這種像賭博般、突發奇想的離奇方法——

想到這裡，森的臉色發白。

原來如此。

法官的確提供了協助。

楠見指示森做的第一項工作，就是去調查F地方法院法官的行動。楠見根據森所提供的消息，接近那些法官，建立人脈，事先疏通。

不……

楠見一定掌握了那些法官的把柄。

森用眼角看著楠見。他坐在窗邊，豎耳細聽著警用無線電的內容。

森感覺到有什麼東西爬上背脊。

森確信一件事，一旦被這個男人盯上，武內就插翅難飛了。

武內知道出國期間的時效會中斷，所以即使「第一時效」消滅後，仍然沒有和倖繪聯絡，但是，武內並沒有識破楠見設下的「第三時效」這個可怕的陷阱。真正的時效「第二時效」已經消滅了，武內這次會採取行動。只要在第一次開庭之前的這六天內有任何行動，他就難逃法網。反向追蹤器還沒有拆除，桌上的電話一響，武內就完蛋了。

二組的人都繃緊了神經。

倖繪搞不清楚狀況，露出心神不寧的眼神輪流看著在場的所有男人。她滿臉不安，在她臉上已經找不到「第一時效」後，曾經露出的安心。

「簡直看不下去了……」

宮嶋向森咬耳朵說道。就在這時——

電話響了。

倖繪猛然坐直身體。

楠見點了一支菸，抬起頭。

「接電話。」

冰冷的聲音響徹整個房間。

如今已經不是時間，而是楠見完全支配了這個房間。

9

倖繪僵硬的手拿起電話。

森把耳機放在單側耳朵上，宮嶋聽著另一邊耳機。

幾秒鐘的空白後，電話中傳來男人惴惴不安的聲音。

『喂……我是武內——』

『不要。』

『啊？』

『有警察。』

室內頓時充滿了緊張。

『啊？但是時效已經——』

『你不要再打電話給我！』

倖繪突然掛上電話。

倖繪的內心已經曝露在陽光下。果然沒錯，為了宥彩，她希望武內不要被捕，所以她試圖讓武內逃走。她告訴武內，家裡有刑警，然後馬上掛上電話。

但是，她的努力白費了。現在和以前不一樣，反向追蹤器已經成功追蹤到發話地點。

發話地點在縣內。F市南幸町四丁目，兒童公園前的電話亭——

「機搜隊的便衣警車已經抵達現場。」

楠見用沒有起伏的聲音說道。他戴著耳機。就是植草剛才使用的無線耳機。他那對無神的黑色雙眼目不轉睛地注視著倖繪。

「第五輛車抵達了，正在搜索附近。」

垂頭喪氣的倖繪肩膀顫抖。

「找到人了。」

倖繪猛然抬起頭。

「正在追捕……」

楠見完全拒絕和在場的刑警建立任何關係，他的溝通途徑只針對倖繪一個人。

「進行包圍。」

倖繪雙手捂住臉。

楠見注視著她。

觀察著她。

不，不對。

楠見在折磨她。

冷血——

森的腦海閃過這個念頭時，忍不住握緊了拳頭。憤怒從他的內心深處湧現。

楠見繼續進行「實況轉播」。

「他完全沒有抵抗……這也難怪，他以為時效已經過了。」

倖繪低聲嗚咽。

「嗯？他開始逃了。可能發現事情不對勁。」

「夠了。」

森低聲說道。

楠見面不改色。除了倖繪以外，他關上所有的溝通管道。

「他推開了制服員警……太傻了，這下子又多一條妨害公務罪的罪名。」

「別再說了。」

「逮到了。」

「楠見組長——」

「他哭了。」

「不是叫你別再說了嗎?」

森起身。

「他又想逃走,這次挨了警棍。」

「不要!」

倖繪大叫。

「不要打他!武大郎——武內是無辜的,請你們放開他!」

咦?

森的腦袋開始空轉。

所有人都注視著倖繪。客廳內的所有人都是重案股的刑警,每個人的內心都有相同的預感。

她要招了。

不,怎麼可能?森努力消除這個預感。

倖繪雙手放在榻榻米上。

「對不起……是我……是我把我丈夫……」

室內的空氣凝結。

「是我殺了他……武大郎只是代替我逃亡……」

森一屁股坐在榻榻米上，他全身無力。
原來倖繪才是真凶。
原來是這樣……森的腦海中浮現七天前，這個客廳內的景象。十二點一到，倖繪就安心地呼了一口氣。因為時效已經過了。倖繪並沒有出國，因此那天的「第一時效」，是時效消滅的瞬間，只有凶手倖繪知道這件事。
森注視著倖繪，好像在看什麼可怕的東西。
她哭倒在地。
她並不是針對自己的罪行「自白」，只是在「追述」。倖繪已經在司法之手無法觸及的安全地帶。
有那麼一剎那，楠見打開和森之間的溝通頻道。
這就是女人——楠見用眼神對他說。
「說。」
楠見命令倖繪。
在眾人一片茫然下，響起了倖繪的聲音。
「……我和武內從小一起長大，小時候經常玩在一起。雖然很多同學都看不起他，但他對我言聽計從，我很喜歡他。讀高中時，我還曾經和他交往過……」

森怔怔地聽著她說話。

倖繪第一次墮胎，就是拿掉了武內的孩子。他們的關係變得尷尬，之後漸漸疏遠。結婚後，他們在同學會上重逢，倖繪請他來家裡裝冷氣。那時候她就有點想勾引武內。她和丈夫本間的感情不好，A片是倖繪故意放在錄影機內。她的計謀得逞，成功撩撥了武內的情慾，武內撲向倖繪。

「我當時並沒有想太多，只是想回味以前的時光，只是希望像以前一樣，感受他的溫柔……」

只是沒有想到應該在深夜工作的本間突然回家。本間和武內扭打起來，武內雖然握著水果刀，但本間用金屬球棒把他的水果刀打落。我要殺了你。本間大叫著，舉起球棒。倖繪拿起水果刀，刺向本間的後背

「當時我不顧一切……我以為武內會沒命……」

他們在本間的屍體前亂了方寸。原本打算偽裝成強盜殺人，但「武內電器」的小貨車在倖繪家租的房子前停了很長時間，一定有很多人看到。「我就說是我殺的。」武內這麼說，還告訴倖繪，他一直都很喜歡她。一方面是因為她為自己墮胎，感到很對不起她，最重要的是，倖繪為了救武內，才會殺了本間。

「既然這樣，那你就逃亡，在時效消滅之前，都不要出現。」倖繪懇求他。她害

怕自己坐牢，也不希望武內坐牢。只要武內持續逃亡，直到時效消滅，武內就不會受到法律的制裁。當時，他們認為這是唯一的方法。武內答應，而且照做了。他拋棄了父母和家業，帶著殺人凶手的污名展開逃亡生活。

倖繪似乎說完了。

楠見從胸前口袋拿出一支小型錄音筆放在桌上。錄音筆閃著紅燈，原來他正在錄倖繪說的話。

「為什麼？」

倖繪目瞪口呆地問。

楠見握起雙手。

「妳是不是恨妳丈夫？」

「……我並不恨他，只是……一起生活多年就會知道，他到底把我當女人，還是把我當物品……」

楠見看著半空。

但只有一眨眼的工夫。他鬆開雙手，關掉了錄音筆。

楠見注視著倖繪。

「起訴的並不是武內利晴。」

「啊？」

「我剛才說起訴了凶手。」

倖繪的臉因恐懼而扭曲。

楠見繼續說道：

「在第一時效之前，就已經完成起訴手續，妳將因殺人罪受審。」

客廳裡的所有人都不寒而慄。

森完全想不到除了錯愕以外的任何字眼。楠見的深謀簡直就是「惡魔」，沒有任何人預料到這種情況。

倖繪哭著趴倒在地。

森覺得好像在做夢。

然而，眼前的一切是現實。

這意味著，楠見一開始就鎖定了倖繪，他精心策劃這一切，都是為了讓倖繪吐實。這起案件中，有凶手遭到通緝，只要凶手武內還在逃亡，即使逼問倖繪，她也可以把所有的罪都推給武內。因為「不在場」和「死人無法開口說話」一樣，所以楠見並沒有正面進攻，而是利用時效，為倖繪設下了三重、四重的陷阱。

森終於明白了楠見掌握法官把柄的真正理由。法院受理起訴之後，必須立刻將起訴書繕本送達被告。楠見為了不讓倖繪發現自己已被起訴，不惜威脅法官，延遲起訴書繕本送達的時間。

冷血動物……身旁的宮嶋嘀咕道。

森點點頭。

但是，森搞不懂一件事。

楠見為什麼會懷疑倖繪？

這起命案發生的十五年前，楠見還是公安刑警。三年前洩密騷動時，他身處漩渦之中，但當初是由村瀨帶領的三組刑警守在這棟公寓，楠見根本並沒有參與偵查工作。這一次，楠見才開始負責這起案件，而且他今天是第一次見到倖繪，卻早已認定倖繪就是凶手。他八成在指示森調查法官的行動時，就已經很篤定了。

森胸中滿是挫敗感。

森注視著楠見的側臉。楠見正在聽警用無線。他已經關閉了所有溝通途徑，在一旁放聲痛哭的倖繪，已經無法進入他的意識。

森起身。

他用力吸口氣，對著楠見說：

「你的偵查方式根本是旁門左道。」

森並不是同情倖繪，相反地，在這個瞬間，他比楠見更加強烈地痛恨倖繪所說的種種謊言。

宥彩不僅失去父親，也失去了母親。

森走向玄關。

他看向紙拉門。

他只祈禱紙拉門內，那對留下了大人的愛恨情仇、有著飽滿耳垂的耳朵什麼都沒有聽到。

10

五天後。

森開著車子，沿著縣道一路往東。

他打算去進藤秋子的公寓，他要再次向秋子求婚。

耳邊響起楠見說的話。

『她正在盤算到底要把自己賣給誰。』

「王八蛋，這不是理所當然的事嗎？」

森忍不住出聲說道。

任何人都想追求幸福——

那就由她選擇。

到底要回到老公身邊，還是投靠那個房仲業者，或是選擇和森在一起。

我不會輸。我會投入所有的金錢和真心，安排一個非常舒適的環境，迎接她的到來。

森原本覺得楠見簡直就像是法力強大的惡魔，但他發現自己的內心漸漸發生了變化。

『一起生活多年就會知道，他到底把我當女人，還是把我當物品……』

倖繪說這句話時，楠見的雙眼看向半空。他無法理解，無法理解這成為她殺夫的動機。

森終於明白了楠見盯上倖繪的理由。

楠見是在三年前的洩密騷動時起了疑心。搜查一課的刑警都認定是楠見洩密，但事實並非如此。只有楠見知道他並沒有做這件事，因此只有他一個人發現了其他人都沒有注意到的「盲點」。

是倖繪向報社透露消息。

我逃累了。我想和妳見面。也許武內在電話中對倖繪這麼說。

武內的軟弱令倖繪感到害怕。因為武內一旦出現在她身邊，就可能遭到逮捕。武內是否能夠應付警察的嚴厲偵訊，會不會招供出倖繪才是真凶？於是她利用警方和媒體作為屏障，公開了武內曾經打電話來的事，避免武內試圖接近她。

楠見並沒有什麼法力。

如果下次接到支援的指示，再次加入二組辦案也無妨。下一次，一定要正面對決。有朝一日，一定要打敗楠見——

他把車子停在公寓前。

孝一騎著兒童腳踏車，正準備出去玩。這個乳臭未乾的小鬼很愛撒嬌。

孝一看到森，像箭一樣撲過來。他理了小平頭的腦袋用力鑽進森的懷裡，好像在玩相撲。森抱著他的頭，讓他抬起了臉。孝一羞得滿臉通紅。

「媽媽在家嗎？」

「在啊。」

隔著廚房的小窗，看到一張帶著微笑的瓜子臉。

森把孝一抱到自己的肩上，邁開步伐。孝一興奮不已，耳垂碰到了森的臉頰。

「孝一，我問你。」

「什麼事？」

「你想不想要一個讀國中的姊姊？」

「我想要！」

「這樣啊。」

森想到了霸氣的求婚台詞。

我們可以慢慢來。即使最初只是拼湊的家庭，就算起初會有很多稜角，我們可以慢慢磨合成一家人——

囚徒困境

1

天空飄著雪。

田畑昭信坐在黑色偵查指揮車離開了T分局，準備回家。他坐在後座，閉上眼睛，身體隨著車身搖晃。他全身疲憊，太陽穴隱隱作痛。他擔任F縣警總部搜查一課課長至今已經兩年，卻是第一次同時指揮三起殺人案的偵查工作。

本月三日發生了一起主婦命案。

兩天後又發生命案，這次是證券交易員被燒死。

三天前的情人節，則是一起廚師命案。

偵辦那起主婦命案的搜查總部，已經在三天前逮捕了一名上班族，但至今仍然不見破案的曙光。嫌犯掛川守矢口否認犯案，如果無法逼他招供，就不能起訴他。

田畑深深嘆了一口氣。他必須在分別設置在三個分局的命案搜查總部之間來回奔波，雖然對體力是很大的考驗，但他本身並不以為苦。問題在於他無法徹底掌控下屬。身為搜查一課課長，最重要的就是對偵查工作的指揮權，但他無法充分發揮，這也成為增加他頭痛的原因。總部搜查一課前往各分局的重案搜查股的刑警都很難對付。一組的朽木、二組的楠見、三組的村瀨，這三個人為了課內的主導權展開激烈的競爭，經常無視田畑的指揮，獨斷獨行。

田畑在晚上十一點多回到了F市內的縣警宿舍，就算回到家，身為搜查一課課長的工作並沒有結束。他還來不及換衣服，就必須接受記者夜訪的攻勢。朝日、每日、讀賣、產經、東洋……他四平八穩地回答完記者的問題，正準備吃冷掉的宵夜時，玄關的門鈴再次響起。這是第二波夜訪。截稿時間較晚的地方報紙和跨區地方報的記者，會在這個時間陸續上門。

打開玄關的拉門，看到F日報的小宮心神不寧地站在門口。

「你們真是太神速了。」

小宮劈頭就問了這個有陷阱的問題。

「你在說哪一個案子？」

田畑慢條斯理地問，但小宮仍然一口氣接著說，試圖讓田畑回答自己的問題。

「就是廚師命案啊，不是確定就是他老婆嗎？」

「是嗎？」

「課長，你別裝糊塗了，不是已經把她叫去分局了嗎？」

「當然會找她問話啊，因為她最瞭解被害人。」

「但這麼晚都不放人？」

「她還沒有回家嗎？」

小宮輕輕咂著嘴說：

「課長，你真的別裝傻了啦。我十點左右開車去看了一下，他們家的燈沒亮。」

「搞不好太累，很早就睡了吧。我們早就放人了。」

小宮注視著田畑的雙眼，努力瞭解真偽，然後繼續看著田畑，壓低聲音問：

「……應該還沒有吧？」

「還沒有什麼？」

「廚師老婆的逮捕令——明天不可能有哪家早報刊登這樣的報導吧？」

小宮這個人，採訪工作只是做做表面工夫，成不了氣候。雖然當了五年記者，已經是可以指導後進的老鳥，但至今仍然不敢深入警察組織內部採訪，比起挖掘獨家新聞，對他來說，只要不被其他報社的記者搶到獨家就行了。

「課長，你向來不說謊，你不會騙我吧？」

小宮語帶諂媚地問，田畑不由得產生一絲同情。他向來認為面對記者採訪時的秘訣，就是既不承認，也不否認，但如果就這樣打發小宮，小宮今天晚上恐怕會輾轉難眠。

「各家報社偷跑，可不在我的責任範圍內。」

田畑用這種方式委婉地告訴小宮，並沒有獨家新聞。小宮鬆了口氣，點點頭，但他甚至沒有道謝，得寸進尺地問：

「那主婦命案呢？掛川還沒有招吧？」

你未免太貪心了。田畑正想說這句話，昏暗的巷子內響起一個聲音，代替田畑發洩內心的不耐。

「後面塞車了。」

瘦長的身影走過來。是真木。他是東日新聞的「一課記者頭頭」，東日新聞跑一課新聞的記者都歸他管。

他們是不同報社的人，照理說小宮根本沒必要理會真木，但兩個人身為記者的實力太懸殊，於是小宮簡短說了聲「那改天再打擾」，就匆匆離開了。

真木的出現，也讓田畑感到緊張。真木不僅是事件採訪的高手，搞不好他比搜查一課課員，更瞭解一課內部的狀況。

「下個月的定期人事異動，一組的朽木組長會被調動嗎？」

真木從人事問題切入，果然是他的作風。

「目前沒有這個打算。當然，人事問題，並不是我一個人說了算。」

「朽木組長已經連續當了五年組長，過去從來沒有人連續六年當組長吧？」

「雖然是這樣，但如果調走朽木，重案組的運作就會出問題。」

田畑字斟句酌地回答，腦袋裡盤算著這些話必然會傳入朽木的耳中。他之前就發現，真木和一組的人交情特別好。

「但如果繼續留任，就會影響他之後升任警視。事到如今，是否該考慮派他去轄區警局當刑事官？畢竟他遲早會成為一課課長。」

這是朽木的期待嗎？田畑忍不住想這麼問。朽木在一課內太強大了，田畑也很希望把他調走，但是想到朽木離開後造成的負面影響，就會感到不安。

真木繼續說道：

「你是否考慮過讓朽木組長離開，把二組的楠見組長拔擢為一組的組長？」

「楠見嗎？」

「他那個人的確很冷血，但辦案能力並不比朽木組長遜色。難道我說錯了嗎？」

「事情不像你說的那麼簡單，我相信你也瞭解，本課的一組很特別。」

「一組的確是刑事部的重寶，所以你認為不能讓曾經是公安刑警的楠見組長坐那個位子，是不是這樣？」

一旦沉默，就代表同意他的說法。田畑慌忙不置可否地說：「也不是……」必須考慮到這番話同樣可能傳入楠見的耳中。

「那三組的村瀨組長呢？雖然他性情有點暴躁，但他在辦案方面的直覺，無人能出其右吧？」

田畑再度基於相同的理由，小聲地說：「這倒也……」

真木似乎看穿他內心的想法，輕輕笑了笑。

「看來一課課長不好當，下屬太弱會傷腦筋，但太強也很麻煩。」

田畑努力不讓臉上流露出任何表情。

真木說得沒錯。他很希望不必看下屬的臉色，可以自由指揮偵查工作。以他搜一課長的身分，在縣內召集願意忠實聽從他命令的刑警，重組重案股的三個小組，並不是一件困難的事，只不過他不敢這麼做。這是因為一旦無法破案，他這個課長就必須扛起所有的責任。

他因此感到羞愧。自己隨著年歲的增加，變得越來越保守。以前並非如此，年輕時，他從來不考慮利害得失，不顧一切往前衝。現在新錄用的警察幾乎都是大學畢業，但田畑剛進入警界時，只有少數人有大學的學歷，當初還有人揶揄他是「學士大人」。他幾乎都被分配到管理部門和交通相關部門，雖然可以四平八穩地步步高升，但也毫無趣味可言。他不喜歡那樣的生活，於是下定決心去進修刑事專科課程，投入了刑事工作。他不顧一切地投入刑案的偵查工作，犧牲家庭，犧牲自己的私人時間，努力比任何人更像刑警，也憑自己的實力升遷。他先成為F縣警的刑警都夢寐以求的重案一組組長，之後又成為刑事部內一人之下的搜查一課課長。但是——

朽木、楠見、村瀨。他沒有一天不慶幸自己不是在同一時期和他們三個人在第一線打拚，這三個人是奇才。田畑在擔任重案組長時代的破案率是七成多，但朽木和楠見是從未失敗的百分之百，村瀨到目前為止，也只有一起案子沒有偵破，在經手的二十二起案子中，漂亮地偵破了二十一起案子。這三個人的個性和辦案手法都完全不同，但都具有彷彿可以和罪犯同化的「體味」。如果用「執著」、「專業」或是「職業道德」之類的名詞來形容一般刑警的態度，他們三個人的共同點只能用「愛恨情仇」、「詛咒」和「怨恨」這種不吉利的字眼來形容。田畑靠破案為生，但他們三個人以破案為樂。他每次都覺得這是自己和他們最大的差別。

總之，田畑無法得到身為指揮官的滿足感，但獲得了在組織內的重大發言權。只要之後能夠順利帶領這個「常勝軍團」，成為第一線警察職位顛峰——刑事部長也指日可待。

「聽說那名廚師買了高額保險。」

真木冷不防問道，田畑差點就點頭了。真木和剛才造訪的F日報的小宮一樣，此行的真正目的似乎也是廚師命案。

M市的四十五歲廚師永井克也的屍體浮在河流的淤水處。雖然死因是溺死，但在肺部的積水中並沒有發現浮游生物和藻類，而且屍體後頸有皮下出血和表皮剝離的痕跡。研判是在自來水中溺死之後，被人丟棄在河裡。他的妻子貴代美當然是頭號嫌犯。正如真木剛才所說，永井投保了總額超過一億圓的保險。

「這我就不知道了。」

田畑一臉正色，真木又輕聲笑了。

「把這個案子交給二組是正確的決定。」

「什麼意思？」

「楠見組長對女性很刻薄——永井貴代美，搞不好她已經招供了。」

「喂，你可別忘了，她現階段只是失去丈夫的被害人。」

「但是保險金有一億圓，這可以成為殺人動機了吧？」

既然真木已經知道了金額，田畑不得不對他說：

「那是七年前買的保險，而且是永井本人主動買的。」

「聽說永井貴代美是個多情的女人。」

雙方都露出了試探的眼神。

「……是嗎？」

「有消息指出，她很沉迷交友。」

他的採訪似乎很深入。

貴代美在外面有了男人，那個男人想打永井克也的保險主意——這和搜查一課的見解不謀而合。

短暫的沉默。

田畑看著真木的眼睛問：

「你打算寫出來嗎？」

真木露出笑容。

「目前還不會，只是時報似乎也知道保險金的事，如果他們有什麼行動，我們當然會跟進。」

田畑的腦海中浮現了一個髮型像刺蝟的男人。縣民時報的記者目黑很惡劣。半年前，他在晚報上獨家報導了縣警要欲擒故縱的連續縱火嫌犯，導致那名在超商打工的嫌犯逃走，最後可能知道逃不出警方的追捕，在公寓屋頂跳樓自殺。那次之後，「絕對不可以向時報透露獨家消息」成為尾關刑事部長的口頭禪。

不，並不是只有時報的目黑而已，所有記者都會為了各自的需求和立場撰寫報導。他們隨時都為了獨家消息想要討好田畑，但當警方陷入困境時，他們就會在報紙上徹底抨擊，痛打落水狗。不久之前發生的那起強盜殺人案就是最好的證明，當被告在法庭上主張自己無罪，所有報社都見獵心喜——

「伴內主任已經在倒數計時了吧。」

「什麼？」

真木突然提到這件事，田畑一下子沒有反應過來。

「我是說三組的伴內主任，他下個月不是就要退休了嗎？」

「嗯，是啊，差不多了。」

伴內是三組的資深審訊官，以前曾經指導過田畑偵查和審訊的基本知識。

「只不過伴內主任的運氣真差，三起案子中，三組偵查的股票交易員命案不是離破案最遠嗎？」

「那很難說，說不定反而就在最近。」

「希望如此。他兢兢業業當了四十年的刑警，如果最後的最後，在沒有破案的情況下離開，實在太可憐了。」

「嗯……」

「再也找不到第二個像他這麼重感情，而且埋頭苦幹的刑警了，至少希望他帶著笑容離開一課。」

真木的語氣和表情完全不像記者，簡直就像今晚是為了說這件事上門。

2

隔天下午，田畑坐上偵查指揮車，準備依次前往三個搜查總部。

他最先去了主婦命案的S分局。原本打算先去M分局瞭解廚師命案的狀況，但正如真木前一晚所說，只要二組的楠見親自出馬，不排除永井貴代美今天就招供的可能性。偵查指揮車離開縣警總部後，有三輛記者的車子跟在後方，如果最先去M分局，擔心會刺激那些記者，導致他們搶先報導未經證實的內容。

田畑坐在後車座，看著主婦命案的檔案。那是一組田中主任寫的偵查報告。

這個月四日清晨，在山野邊墓園的垃圾場發現了一具被絞殺的屍體，被害人是住在F市的二十八歲家庭主婦坂田留美。向墓園管理員確認後得知，屍體應是在前一天晚上七點之後被遺棄在墓園內。雖然逮捕了同住F市的上班族，三十四歲的掛川守，但之後的審訊和證據調查都陷入膠著。

在逮捕嫌犯之前，偵查工作很順利。調閱設置在往墓園縣道的N系統——車牌自動讀取裝置後，找到了掛川。傍晚之後通行的車輛中，唯一一輛車牌有「わ」字，代表出租用車的車輛引起警方的注意。當天租用該輛車的正是掛川。掛川沒有車子，並不瞭解N系統。

搜查總部要求租車公司主動提供該輛車，鑑識人員仔細檢查車內的每個角落，在副駕駛座下方發現坂田留美的毛髮，立刻申請了逮捕令。掛川是食品公司的會計，他太太也有工作，女兒還在讀托兒所，他們一家三口住在縣營社會住宅。他的興趣是賭腳踏車比賽，他很怕太太，只能從為數不多的零用錢中擠出一點錢賭博，可說是一個平凡無奇的上班族。

被害的坂田留美和丈夫、公婆一起生活，她的丈夫在住家兼工作室製作木雕人偶。專業家庭主婦的壓力很大，她的家人說，她經常找各種理由外出。

沒想到掛川矢口否認犯案。「我從來沒見過這個女人。」「那天我只是開車去散心。」「我之前也租過很多次車。」任何人都覺得他是在做無謂的掙扎。目前已經掌握了毛髮的證據，而且一組負責審訊的田中是高手。田畑向部長報告說，應該半天就可以讓他招供。

沒想到掛川遲遲沒有招供。逮捕至今已經過了六天，仍然沒有取得他的自白筆錄。律師的指導對掛川的態度產生很大的影響，每次審訊案發當天的情況，掛川就宣稱「我保持緘默」而不再說話。

和坂田留美沒有任何交集。這件事成為掛川脫罪的救命稻草——負責審訊的田中如此分析。

這的確是瓶頸。在偵查過程中，始終沒有發現他們之間有任何交集。在目前這個年代，只要調閱手機的通話紀錄，基本上就可以清查男女之間的關係，但是，坂田留美的丈夫很老派，不喜歡手機，所以她沒有買手機。在調查掛川手機幾個月的通話紀錄後，並沒有發現他打電話去留美家中的紀錄。

這種情況並不意外。因為掛川過去曾經和公司的女同事外遇，差一點和太太離婚。那次之後，他太太每個月都會向電話公司申請掛川手機的通話紀錄確認。坂田留美家中的壁櫥內有大量女性漫畫，從她會把刊登電話交友中心廣告頁面折起的行為，不難想像他們使用公用電話偷偷聯絡，只不過要證實這件事簡直比登天還難——掛川的太太經常查勤，再加上坂田留美無法向丈夫提出想要手機的要求，掛川才能夠自信滿滿地堅稱「我根本不認識這個女人」。

車子即將抵達S分局，田畑闔起了資料夾。

率領一組的朽木獨自在主婦命案搜查總部的會議室內。除了負責審訊的田中以外，其他八名刑警都和轄區刑警一起去查訪偵查。和朽木單獨相處令人心神不寧。田畑之所以會有這種想法，是因為朽木的言行舉止中，完全感受不到他面對上司時的謙虛，或者說是緊張感。

他請朽木在沙發上坐下。

朽木默默坐下，從他臉上很難判判斷偵查工作是否有進展。雖然他的眼神銳利、炯炯有神，但臉色很蒼白，而且一直面無表情。田畑發現自己從來沒有看過朽木露出笑容。

「有沒有什麼新動向？」

田畑問，朽木點了一下頭。

「查到掛川向錢莊借了一百萬左右。」

「什麼時候借的？」

「上個月二十七日。」

案發前一個星期……

「用途是什麼？」

「他保持緘默。」

「可見是用在不可告人的事上。」

「八成是這樣。」

「他和坂田留美的交集呢？沒有查到什麼？」

「沒有，目前仍然派人拿著他們的照片，去摩鐵和車站周圍打聽。」

之所以會派刑警去山野邊車站打聽，是因為曾經有人目擊，上個月下旬，掛川站在驗票口附近等人。提供線報的是和掛川住在同一處社會住宅的家庭主婦。她告訴警方「掛川先生把體育報捲成筒狀，拿在手上」。「把體育報捲成筒狀」這句話引起了警方的興趣，因為透過電話交友認識的人第一次見面時，需要有某些「記號」才能相認。

在查訪時，還打聽到另一個類似的線報。有人在上個月中旬，也是在驗票口附近，看到一個手上拿著捲起體育報的男子，和一名長髮女子走在一起。坂田留美的頭髮很長，搜查總部立刻繃緊神經，讓目擊這一幕的工人看看留美的照片，但對方回答「我只記得她頭髮很長，其他都不記得了」，核對掛川的長相時，也很不確定地說：「雖然有點像，但應該是不同的人。」當時，那個工人的眼睛和大腦都集中在想偷看體育報的大標題這件事上，但報紙捲了起來，因此他看不到。

無論如何，這兩個目擊證詞顯示，掛川或是留美很可能和多名異性接觸。如果上個月中旬遭到目擊的那對男女是掛川和留美，掛川在下旬和留美相約時，手上就不需要再拿「記號」。

田畑改變了話題。

「掛川的情況如何？」

「他會聊跟案情無關的事。」
「律師似乎大放厥詞，連毛髮的事也否認了，還說什麼既然那是租車行的車子，誰知道是什麼時候掉在那裡，可能是之前租車的人載了坂田留美。」
「就讓他說吧。」
「嗯，但是為了謹慎起見，最好也去清查一下案發之前，曾經租過那輛車的人。」
「已經在查了。」
「啊？」
「已經列出了這三個月來租車的名單，目前正在逐一調查。」
田畑再次心神不寧。他大動作地抱起雙臂。
「無論如何都要讓掛川招供，拘留期限只到週末，你打算什麼時候進攻？延長拘留期限之前？還是之後？」
「不必著急吧？」
朽木用沒有起伏的聲音說。
「是啊，但是要怎麼讓他招供？必須考慮到萬一真的找不到他和坂田留美之間交集的情況。」
朽木聽了田畑的話，雙眼露出了黯淡的光。

「既然是凶手，就一定逃不掉，很快就會有結果。目前正在徹底清查掛川的日常生活。」

「原來如此，這或許是好方法。」

這種怕得罪朽木的回答連他自己聽了都覺得刺耳。雖然勉強維持了身為上司的體面，但是他們的談話內容，完全就像是在向朽木請教偵查方針。

他們之間並不是一開始就這樣。兩年前，剛擔任搜一課課長的田畑積極發出指示和命令，但朽木總是把他的指示當耳邊風，按照自己的方式辦案。只要失敗一次，就立刻開除這個傢伙。田畑暗自下定決心，緊盯著朽木，但至今仍然沒有這樣的機會，久而久之，他漸漸無法在朽木面前表達強勢的意見。

他曾經試圖改造一組。他曾經安排原本在搜查二課的刑警島津進入一組，島津是他以前在轄區警局時的下屬，能力很強，而且對田畑很忠誠，沒想到島津讓他失望了。島津無法負荷一組的沉重壓力，自掘墳墓，毀了自己。在那起被告主張自己有不在場證明，導致縣警被媒體攻擊的強盜殺人案中，島津竟然中了自己審訊的嫌犯設下的圈套，犯下大錯，最後離開了縣警。田畑並不同情島津，反而覺得島津讓自己顏面盡失。他之前詛咒島津的軟弱，從來沒有想過他內心的想法。但是——

現在回想起來，有時候會覺得，是不是因為島津太有人情味了？

目前F縣警的重案股的確很強，任何人都無法否認，目前的強大陣容前所未有；但是，刑事辦公室內完全沒有笑聲，沒有喜悅，也沒有傳統的刑警不可或缺的從容和瀟灑，只有冷漠無情的氣氛。戰勝案件，戰勝其他小組，戰勝同事。競爭、戰鬥，打敗對方，直到對方體無完膚。重案股只是為了這些目的而戰的戰鬥機器集團，只要對戰鬥稍有遲疑，就會被一腳踢開，被蓋上「不是男人」的烙印而被排除，普通人根本沒有辦法承受這種壓力。對島津來說，重案股是折磨人的地方。不，對手下有「三個魔鬼」的田畑來說，也同樣——

他的腦海中突然浮現伴內的臉龐。

伴內是三組的刑警，很快就要退休了。他是在刑事部門身經百戰的狠角色，這些經歷在他紅銅色的臉上留下無數皺紋，但這些皺紋有時候看起來像笑紋。

陷入猶豫的時候，就看著凶手。

伴內在三十年前，向他傳授了身為審訊官的心得。

我說小畑啊，每個人都有各自的煩惱，但是，當面對凶手時，不是整個人都會振奮嗎？那些凶手明明殺了人，卻揚言自己並沒有殺人，想要逍遙法外，開心過日子。我們怎麼能夠容忍這種事？如果容忍這種事，就不算是警察了。

田畑起身。

「我去看一下審訊的情況。」

他和朽木一起下樓，走進刑事課。五間偵訊室中，只有「二號」偵訊室亮著紅燈。他走進「一號」，隔著看起來像是畫框的單向透視玻璃，看著「二號」內的情況。

他看到了嫌犯。

掛川守。臉型瘦長的英俊男子，看起來很寡情的兩片薄唇不停地說話。

「可以聽到聲音嗎？」

田畑問，朽木把手伸向窗戶木框下方的開關，立刻聽到了隔壁的聲音。

『那我們繼續。你上個月三十一日做了什麼？』

『我搞不懂，你為什麼要問這麼久之前的事？』

『因為我想瞭解你所有的一切。』

『太噁心了，我可沒這種興趣。』

掛川笑了起來。田中也露出淡淡的笑容，但他的眼睛沒有笑，而且凝視著掛川的一舉一動。

『你每週一、三、五會去托兒所接女兒吧？』

『對啊。』

『三十一日是星期一，所以你去接女兒？』

『對啊。』

『然後呢？』

『然後就和女兒一起在家看電視。』

『看了什麼節目？』

田中問得很詳細。

原來這就是朽木剛才說的——徹底清查掛川的日常生活。

掛川雖然不時離題，但還是老實回答了問題。當田中問到二月三日這一天時，發生了變化。

『我要保持緘默。』

掛川露出了得意的表情。

田畑感到渾身的血在倒流。

『好吧——那隔天的二月四日呢？』

田中面不改色地繼續發問。

『去托兒所接女兒。』

『然後呢？』

『然後就回家，和女兒一起看電視。』

『看什麼節目？』

掛川咂了一下嘴說：

『美少女的卡通和猜謎節目。』

『從幾點到幾點？』

掛川又咂了一下嘴。

『六點到八點。』

『之後呢？』

掛川不停地咂嘴。

『喝了燒酒後就睡覺了。』

『五日那天呢？』

『我老婆回了娘家，我就去了柏青哥店，直到播放音樂要打烊了才離開。』

『哪一家柏青哥店？』

『呃，車站前那家——叫什麼的店。』

『你有贏錢嗎？』

『沒輸沒贏。』

『你幾點回到家？』

『十一點左右吧。』

『然後呢？』

『先讓我上一下廁所。』

『等你交代到十日再去。』

『太過分了，我要告訴律師。』

『你想說就說。』

『王八蛋，竟然豁出去了。我根本是清白的，你不要浪費時間問這些無聊的問題，趕快去抓真正的凶手。F縣警太無能了，你們這種人，就是所謂的稅金小偷。』

田畑握緊拳頭。

伴內傳授給他的那句咒語發揮極大的效果。

絕對不能放過這個傢伙！

果然需要強大的力量。自己不需要無法讓這個凶手吐實的軟弱下屬。無論刑事辦公室的氣氛多麼肅殺，即使自己身為搜一課長的自尊心遭到傷害，也絕對不能讓這個傢伙逍遙法外。

「朽木——一定要把他繩之以法。」

田畑說完，轉身走出偵訊室。

他沒有聽到朽木的回答，但他根本無所謂，快步走出了偵訊室。

3

外面風很大。

田畑從後門走出分局，但立刻被等在停車場的十名記者團團圍住。

「課長，掛川招了嗎？」

時報的目黑自認代表所有記者發問，他一臉若無其事，簡直就像忘了半年前的那件事。他難看的刺蝟頭讓田畑的視神經難以忍受。

「還沒有。」

田畑簡短回答後，坐上了偵查指揮車。

「接下來要去M分局嗎？」記者隔著車窗問。

這些記者想追的不是主婦命案，而是廚師命案的獨家新聞。比起寫已經遭到逮捕的掛川是否已經自白的新聞，如果能夠寫下關於目前毫無進展的保險殺人案相關的新聞，更能夠立下大功。

「要去T分局嗎？」

坐在駕駛座上的相澤轉頭問。他的臉頰紅潤，一臉純真。年輕刑警被分配到重案股後，第一年都會擔任搜一課長的司機。這是F縣警多年來的慣例。

「不，去M分局。」

雖然這裡離T分局很近，開車只要十五分鐘，但股票交易員燒死命案遲遲沒有進展，但廚師命案的進展很迅速。今天永井貴代美也會去分局報到，二組的楠見一如往常，沒有任何聯絡，但一定獨斷獨行，著手準備逼貴代美招供。

「請問……沒有去就在附近的T分局……記者不會感到奇怪嗎？」

相澤用緊張的聲音問。

相澤這一年的工作，就是學習偵查指揮官的思考，因此之前指示他有問題就隨時發問，有什麼想法要說出來。

「如果最後才去廚師命案的搜查總部，他們反而會起疑心。」

「是，我知道了。」

「我說了很多次，不要輕易被人看破手腳。」

「是……」

跟在後方的記者車輛變成了六輛。

中途遇到國道塞車，花了將近一個小時，才終於抵達M分局。時間已經超過四點半，天色漸漸變暗。

走進設置搜查總部的刑事課，除了轄區警局的內勤人員以外，還看到二組負責審訊的植草。田畑感到很意外。難道今天已經審訊完永井貴代美了？

「怎麼？已經放她回去了嗎？」

田畑問，植草悵然地看向偵訊室的門。

「組長在審訊。」

「楠見嗎？為什麼？」

「不知道。」

植草一臉不悅地說。

「你把話說清楚，到底發生了什麼事？」

「中午過後，把那些男人找來這裡。」

田畑聽不懂植草的話，於是把他拉到屏風後方的沙發。

「怎麼回事？」

「我們調查了貴代美的手機紀錄。」

「嗯。」

「昨晚徹夜調查，全組的人都一起清查，最後找出三個通話次數最多的男人，今天把那三個人找來這裡，分別進行測謊。」

田畑瞪大眼睛。

測謊？他完全不知道這件事。

「是誰同意這麼做？」

「組長直接打電話去科搜研，找來了測謊技官。」

田畑怒不可遏。

「結果怎麼樣？」

「三個男人中，拉麵店老闆鵜崎測謊沒有過關。之後組長就說由他接手審訊貴代美，三十分鐘前，就和她兩個人關在在四號偵訊室，還指示我五點時，假裝進去向他咬耳朵。」

「假裝？」

「對，他是這麼說。」

「什麼意思？」

「誰知道那個人腦袋裡在想什麼。」

植草說話的語氣很不耐煩。

田畑忍不住嘆氣。

「然後呢？測謊沒過的那個鵜崎呢？」

「放他回家了，組長命令四個人跟著他。」
「四個人？要守在拉麵店外嗎？」
「不……」
植草吞吞吐吐。
「不是嗎？」
「組長下令四個人圍住他，如果鵜崎生氣推人，就以妨害公務逮捕他。」
田畑說不出話。
楠見顯然打算逼鵜崎做出妨害公務的行為，然後逮人——
魯莽。
楠見的行為只能用這兩個字形容。
「他腦筋有問題嗎？為什麼要著急？這個案子按正常方式進行，遲早可以偵破。」
田畑怒氣沖沖地說，兩個人之間的空氣產生了些微的不一致和落差。
「我想應該是希望比一組更早破案。」
田畑看著植草的眼睛。他覺得這話聽起來有一半是植草自己的心聲。
「莫名其妙，這種幼稚的競爭有什麼意義？難道以為在進行賽跑比賽嗎？」
植草帶著沉思的表情說：

「並不是這樣……」

「那是怎麼樣？」

「我猜想組長想趕快結束這個案子，如此一來，我們組就可以接手下一個案子。在其他小組只偵破一個案子期間，我們可以偵破兩個案子。」

植草的語氣中，已經感受不到對楠見的批評。

「你的想法也一樣嗎？」

植草原本準備點頭，但隨即歪著頭，低頭看著桌子。

田畑起身。

他穿越刑事課的辦公室，走進三號偵訊室。他伸手摸著聲音的開關，雙眼看向畫框。

楠見和永井貴代美面對面坐在鐵桌的兩側。

兩個人都沉默不語。

楠見完全不說話，露出好像在觀察瀕死實驗動物般的冷漠眼神，注視著貴代美。楠見走進偵訊室後，應該沒有開過口。

貴代美也默然不語，她微微低下頭，臉色蒼白，毫無生氣，輕輕咬著嘴唇。眼前的沉默，一定對她造成了很大的壓力。貴代美無法得知眼前這個男人內心的想法，即將溺入不安的大海。

田畑猜到楠見的意圖。

他打算用一句話逼貴代美認罪。楠見長時間保持沉默，就是為了讓這一招能夠確實發揮作用。

五點了。偵訊室的門打開，植草走向楠見，在他耳邊說了幾句話。植草走出偵訊室後，楠見隔著桌子，向前探出身體，握著雙手。貴代美在他的注視下，露出了好像等待被判死刑的表情。

楠見張開了嘴唇。

「鵜崎招了，全都招了。」

貴代美的身體頓時好像洩了氣。

她的臉頰抽搐，瞪大的雙眼完全沒有眨。她全身開始顫抖，雙臂用力抱著自己的身體，試圖讓顫抖停止。相信和懷疑鵜崎的想法，在她內心天人交戰。

「囚徒困境」——這是逼迫有共犯的罪嫌認罪時經常使用的技巧。不，照理說，這是禁招，也就是禁止使用這個方式。楠見以謊言令貴代美陷入了困境。

嫌犯下定決心，自己絕對不會出賣共犯，所以也相信共犯不會背叛自己。但是，因為雙方分別被囚禁在不同的地方，便無法瞭解對方的情況，於是就會開始產生疑心。即使努力消除，之後又會再度產生疑心，而且疑心會持續膨脹。對方該不會出賣我？這種想法最後會讓疑心無限增殖，凌駕所有的感情和理智。一旦被逼入絕境，就會無法相信他人。

貴代美的上半身開始搖晃。

她的眼睛和眉毛都吊了起來，端正的五官扭曲，太陽穴青筋暴出，撐大了鼻翼。她的嘴唇外翻，露出了牙齦。

接著，她發出了好像野獸般的吼叫。

「混帳……」

貴代美認罪了。

她雙拳敲著桌子。兩次、三次、四次。一頭栗色頭髮凌亂，遮住了她整張臉。

「王八蛋！王八蛋！王八蛋！」

楠見面無表情地注視著貴代美，他的眼神似乎在確認作品的完成度。

貴代美抬起了漲紅的臉。

「是他出的主意！他說他的店快倒閉了，很需要錢。我說不要，我真的有這麼說。因為我喜歡永井，我真的很愛他。全都是鵜崎的錯，那個傢伙壞透了。沒錯，全都是他的錯！是他按住永井的頭，讓永井在浴缸裡溺死，我什麼都沒做。你放我走！

放我回家！」

貴代美的臉醜惡不已，她醜惡的聲音持續說著醜惡的話。

田畑將視線移向楠見，然後又移回貴代美。

沒錯，凶手很可惡。田畑告訴自己。這個女人為了一億圓保險金，和情夫一起密謀殺了丈夫，現在又把情夫罵得一文不值，試圖脫罪，而且她為了自我辯護，竟然說自己很愛丈夫。這種鬼話讓人無法原諒。即使使用了禁招也沒關係，必須不擇手段。如果警察無法撕下這個女人偽裝的外皮，這個臉蛋漂亮的殺人凶手，就會被男人和金錢圍繞，在自由的世界快樂逍遙到死。

植草和蒲地走進偵訊室，楠見起身。

田畑見狀，也走出偵訊室。他和楠見同時走出來，他們在並排的兩道門前面對面，好像在對峙。

辛苦了。田畑並不打算對楠見說這句話。

「你的賭注下得真大，如果貴代美的共犯不是鶇崎，你要怎麼收場？」

楠見一雙沒有感情的眼睛注視著田畑說：

「測謊機不會說謊。」

「但並非萬能。」

「至少比人類厲害多了。」

楠見冷冷地說完，向剛好走進刑事課的阿久津發出指示。阿久津是去年春天剛加入二組的新人。

「去申請貴代美和鵜崎的逮捕令，然後打宮嶋的手機，叫他把鵜崎帶來這裡。」

「知道了！」

阿久津興奮地走向電話的身影，讓田畑感到很刺眼。

田畑轉頭看著楠見說：

「不要忘了報告的義務和依法申請相關手續。」

短暫的沉默後，楠見正想說什麼，手握電話的阿久津大叫起來：

「鵜崎跑了！他騎機車甩掉我們的四個人跑了！」

4

天色已經完全暗了，但記者仍然逮到了田畑。

「永井貴代美的情況怎麼樣？」

F日報的小宮試圖主導這個場面，小宮身後的目黑一臉洩氣。因為田畑不到一個小時就離開了分局，所以猜想警方今天應該不會逮捕永井貴代美。

這正是田畑的意圖。他想趕快離開這裡，希望轉移記者的注意力，不要死盯著廚師命案。逮捕鵜崎會投入大批警力，分局的樓梯通道和附近的道路必定會陷入一片混亂。

「羅馬不是一天造成的。」

田畑留下了這句強調暫無斬獲的話，坐上偵查指揮車，然後指示相澤：「開車！」

「去T分局嗎？」

「對。」

車子駛出分局的停車場，相澤從後視鏡中看著田畑問：

「已經讓永井太太回家了嗎？」

「她認罪了。」

「什麼？」

「雖然她已經認罪，但又出現了新的問題。」

田畑在說話時，轉過頭，隔著後車窗看向後方……四輛……五輛……自己似乎成功吸引了大部分記者。

「你要記住，偵查指揮車也可以成為誘餌。」

「是。」

「還有，別當藤吉郎❶。」

田畑坐上車時，車內已經很暖和了。

「我之前就說過，我不怕熱，也不怕冷。你在車上等我的時候，引擎一定要熄火。」

「對、對不起。」

田畑意識到自己是在遷怒。無論是楠見目中無人的態度，還有共犯逃亡這種最糟糕的情況，都讓他火冒三丈。田畑對無法控制情緒的自己感到煩躁。

他用車上的電話向尾關部長報告了目前的情況，討論後決定在抓到鵜崎之前，暫緩執行永井貴代美的逮捕令。

他在晚上七點多抵達T分局。

刑事課內很熱鬧。顯然等一下就將召開偵查會議。轄區警局的刑警看到總部搜一課的課長出現，個個坐直了身體。田畑穿越刑事課的辦公室，走向後方的沙發，看到三組的村瀨和伴內正湊在一起說話。

「有什麼狀況嗎？」

村瀨聽到他的問話，抬起了頭。雖然他的表情好像頗有不滿、怨言，但他平時就這樣。村瀨具備了「動物的敏銳直覺」，被稱為「辦案天才」，經常有一些古怪的言行，很難掌控，但和朽木或是楠見相比，要瞭解他內心的想法更為容易，所以不需要太費神。

「不是啦，伴內哥剛才說，他感覺有問題。」

就連組長村瀨提到伴內時，也會尊稱一聲「哥」，藉此表達敬意，但去年田畑安排伴內進入三組時，一度鬧得不太愉快。村瀨不願點頭，後來還是和伴內同期的尾關刑事部長出面，才終於說服了村瀨。

❶木下藤吉郎就是豐臣秀吉，他當年侍奉信長時，擔心天氣太冷，於是把信長的鞋子放在懷裡為他暖鞋。

『我希望伴內在最後一年，體會一下在重案股辦案的經驗。』

田畑內心的想法和村瀨並沒有太大的差別。田畑年輕時曾經受過伴內的照顧，伴內叫他「小畑」，對他關愛不已。伴內的溫暖性格，滋潤了像沙漠般的一課，而且伴內的能力也不差，他至情至理的審訊方式很受好評。

只不過伴內在關鍵時刻很容易出差錯，多次犯下簡直就像被惡魔附身般的失誤，好幾次都讓嘴邊的肥肉跑了。這一點令人不安。田畑雖然厭惡搜查一課內殺氣騰騰的景象，但也很怕伴內會出錯。想要維持「常勝軍團」的銅牆鐵壁的守成意識變得很強烈。

田畑感到胸口隱隱作痛，探出身體問：

「伴內哥，哪裡讓你覺得有問題？」

「不是啦，」伴內露出靦腆的笑容，用力抓著頭說：「今天偵訊了一個姓家田的關係人，我覺得很有譜。」

「你是說，他很可能是凶手嗎？」

「嗯，你這麼問，我有點傷腦筋。」

「他和被害人的關係有什麼問題嗎？」

「這方面倒是完全沒問題，只是我的直覺而已。」

田畑看著村瀨問：

「你怎麼看？」

「當時我在偵訊其他人，並不在場。」

既然這樣，村瀨就無法發揮「動物的敏銳直覺」。

「先看一下這個。」

村瀨在說話的同時，把報告遞給他。

家田和雄，三十八歲，農協職員，已婚，有兩個孩子。有一輛平成十一年出產的白色日產藍鳥——

農協職員和股票交易員……兩個行業似乎完全沾不上邊。

田畑靠在沙發上。

這起案件發生在本月五日晚上十點左右，在市內山菱證券任職的三十五歲單身交易員桑野哲，在公寓一樓的住家，被人潑煤油燒死。凶手的手法很殘忍，因此首先懷疑是仇殺。有三名客戶聽從桑野的建議購買股票，結果虧了很多錢。原本以為很可能是其中一名客戶犯案，但根據至今為止的調查，這三個人都與本案無關。

目前並沒有查到他有任何私人恩怨。他的房間徹底燒毀，記事本和筆記類全都燒得精光，雖然找到了預付卡手機，但電話被燒得焦黑，根本無法讀取通話紀錄。公司分配的手機紀錄中都是工作上的業務聯絡，偵查工作很快就觸礁了。

「煤油組」的刑警打聽到的消息成為目前唯一的線索。命案的前一天，有一名男子在市區的加油站購買了十八公升煤油。由於不是熟客，因此店員留下了印象，在刑警查訪時，提供了這條線索。店員說「那個男人沒有下車，我不記得他長什麼樣子」，但也許是因為工作的關係，他記住車款，很有把握地說，是「白色的日產藍鳥」。

在清查車籍資料後，發現T市內有三十八輛店員證實的那款白色藍鳥車，於是就請這些車主分別來分局，向他們瞭解情況，但是搜查總部內對於如何看待「不是熟客來買煤油」這個事實有不同的意見。

田畑看著伴內問：

「這個姓家田的人怎麼回答煤油的事？」

「他說他不知道，也沒有買過煤油。」

「股票呢？」

「他也說自己沒有半張股票。」

「你為什麼會覺得他可疑？」

「問題就在這裡，因為我想搞清楚自己為什麼覺得他可疑，就拜託組長，希望明天可以再找他來問話。」

「好，那明天就把這件事搞清楚。」

田畑心不在焉地說。

他的思考仍然圍繞著M分局的廚師命案。有沒有追查到鵜崎的下落？記者有沒有發現廚師命案的動向？

「課長——」

村瀨探出腦袋。

「什麼事？」

「其他組的情況怎麼樣？」

「嗯，各組都在積極偵辦。」

「一組呢？那個姓掛川的傢伙會認罪嗎？」

「應該快了吧。」

「楠見那裡呢？我覺得那個案子似乎並不難。」

「嗯，可能會很快。」

村瀨咂著嘴，毫不掩飾內心的競爭心。

「可惡，他們兩個人都分到很快就偵破的案子，我們每次都會拖很久，為什麼運氣這麼差？」

田畑的大腦原本就很疲勞，再聽到這種各組間的紛爭言論，就越發痛苦。

他站了起來。

考慮到記者，也不能在這裡逗留太久。如果在案情沒有突破的搜查總部長時間逗留，記者就會猜疑可能有什麼隱情，導致他不敢出去面對記者。

「電話借我一下。」

田畑走到離村瀨有一段距離的辦公桌，拿起了電話。他打電話到M分局刑事課找楠見。

他等了一會兒。

『什麼事？』

隔著電話，楠見的聲音聽起來更加冰冷。

「鵜崎怎麼樣了？」

楠見沒有回答。

「還沒有找到嗎？」

『……』

「喂，楠見，你有沒有聽到我說話？」

『有必要這麼緊張嗎？』

田畑以為自己聽錯了。

「你說什麼？你是認真的嗎？萬一他死了怎麼辦？」

『抓到他的話，我會和你聯絡。無論是死是活。』

冰冷和灼熱同時貫穿了田畑的全身。

「永井貴代美呢？」

『還在偵訊室。』

「讓她回家，派兩名女警住在她家，避免她自殺。」

『……』

「有記者守在外面嗎？」

『沒看到。』

「小心不要被記者察覺了，知道嗎？」

田畑用力掛上電話。

他察覺到身後有人，轉頭一看，看到伴內擔心的臉。很想請教伴內的意見。田畑突然閃過這個念頭，但現在的處境已經和以前不一樣了。

田畑默默向伴內鞠躬，從他身旁走了過去。

「課長。」

田畑停下腳步。

「別這麼見外，叫我小畑就好。」

「你似乎壓力很大。」

田畑聽了，露出自嘲的笑容。

「早知道不該增加警階的星星數，像你那樣，只要在偵訊室看著凶手，激勵鬥志就好。」

「說得太好了。」

伴內嚴肅地點點頭。

「我一直在思考，為什麼會覺得家田有問題，結果發現就是這個原因。明明沒有特別的理由，卻感到熱血沸騰。看著那個姓家田的傢伙，就怒火攻心，因此我認為絕對不能放過他。」

5

各家報社記者的夜訪，都集中在田畑回家後的晚上十點左右。沒有任何一家報社問到直搗核心的問題，田畑把自己當成誘餌的苦肉計發揮作用，永井貴代美認罪，以及共犯鵜崎逃亡的事都順利瞞過記者。

楠見遲遲沒有打電話來。借用他說的話，這意味著既沒有找到鵜崎的下落，也尚未發現屍體。田畑一直等到十二點，電話都沒有響。田畑終於按捺不住，起身正準備打電話時，玄關的門鈴響了。

「不好意思，又來叨擾。」

是刺蝟頭的目黑。

他在十點多時曾經來過一次，問了幾個不痛不癢的問題，很快就離開了。沒想到他在早報即將截稿之際再次上門。

田畑有一種不祥的預感。記者一個晚上兩次上門不同尋常，更令人不安的是，目黑臉上的表情和剛才不同，帶著滿滿的自信。半年前，他上門來問連續縱火案嫌犯的名字時也一樣，那一次他同樣在截稿時間前悠然現身，無視田畑希望他不要報導的要求，寫了那篇獨家報導。

「什麼事？」

田畑盛氣凌人地問。

目黑沒有被他嚇到，露出賊笑說：

「我聽說了。」

田畑的內心忍不住動搖。

目黑八成是說廚師命案，但也可能是在「套話」。狡猾的記者會在緊要關頭使用這一招。

田畑注視著目黑的眼睛問：

「你聽說了什麼？」

「永井貴代美招了。」

「是嗎？」

田畑為了拖延時間，故意這麼反問，但同時迅速思考起來。

田畑回到宿舍後，目黑在十點多時就曾經上門，顯然他在傍晚的時候並沒有發現M分局的動向，跟著田畑的偵查指揮車回到了F市內。果真如此的話，就意味著他在十點到十二點期間，在F市內從某人口中打聽到貴代美的自白。

太奇怪了。

目前偵辦那起案子的二組人員都還在M分局內，在F市區知道貴代美自白這件事的只有田畑和尾關刑事部長兩個人。尾關因為半年前那件事很討厭目黑，不可能把獨家消息透露給他。

果然是想套話嗎？目黑故意二度上門，讓田畑感到不安。雖然根本沒聽說貴代美自白的事，卻煞有介事地上門確認，試圖一探虛實嗎？

但是，眼前的目黑自信滿滿地抱著雙臂，注視著田畑。

該不會？

目黑該不會回到F市區後，再度前往M分局。深夜時分，只要一個小時，就可以在M分局來回一趟。他在那裡發現警方開始搜索鵜崎，然後他就在分局的廁所或是分局外的暗處，逮到二組的某個人，悄悄打聽出這件事嗎？

太荒唐了。

田畑責罵自己。無論如何，重案股的人都不可能把攸關破案的重要消息洩露給記者。

但是……

他的腦海中浮現了二組十名刑警的臉。楠見……植草……蒲地……阿久津……每一張臉都很模糊，都是克制內心的情緒，像能劇面具般的臉。

是誰洩了密？

田畑無法否定內心的疑問。此時此刻，田畑對永井貴代美的心情感同身受。他也陷入了「囚徒困境」。如果是這樣，田畑就有十名「共犯」。

他察覺到額頭冒著冷汗。

要裝傻嗎？還是要叫他「不要報導」？田畑必須二選一。

如果目黑確實打聽到自白的消息，即使對他裝傻，明天早報還是會出現獨家新聞的標題。不，以目黑的為人，就算田畑承認貴代美已經自白，並要求他「不要報導」，他也很可能置之不理。既然這樣，是否該同時向他透露鵜崎逃亡的事，威脅他「難道又要害死一條人命嗎？」如果這麼說，有辦法制止目黑報導這件事嗎？

不，等一下。

如果目黑想要套話，田畑繼續裝傻，目黑就無法寫出任何報導。如果自己信以為真，然後要求他「不要報導」，對原本根本不知道任何狀況的目黑來說，等於是告訴他，永井貴代美已經自白的事實。

猜疑在內心持續膨脹。

十名共犯。在同一個組織、同一個課內，而且是自己的下屬，但是他們真的是自己的夥伴嗎？每個人都各有算計，每個人都在搜查一課這個荒漠中痛苦掙扎，每個人所做的一切，都只是為了自己爭取生存空間。

一定有人和目黑勾結。因為和記者搞好關係，不會有任何不利影響，反而可以知道組織內各個部門的消息，也可以瞭解到他人對自己的評價，搞不好還可以透過記者，把自己的調動意願傳達給高層。沒錯，十個人中即使有人把消息洩露給目黑，也不會令人意外，

田畑吞著口水。

你不要報導——田畑準備說這句話時，一陣風從宿舍前的小路吹來。他聽到了說話聲。

小畑，要不要去吃午餐？

田畑忍不住閉上眼睛。

「課長——」

目黑似乎勝券在握。

「永井貴代美是不是已經招了？」

「……」

「她已經招了吧？」

田畑睜開眼睛，有一種如夢初醒的感覺。

天底下哪有課長會蠢到因為記者說的話，懷疑自己的下屬？

內心熾熱的情感讓他情不自禁開了口。

「我沒聽說。」

目黑鬆開抱著的手臂。

「我會報導這個消息。」

兩個人互瞪著對方。

「隨你的便。」

刺蝟頭很快就消失在小路的黑暗中。

他真的會報導嗎？

無論報不報導都沒關係。田畑在內心強辯道。即使輸了這場賭博，自己身為F縣警總部搜查一課的課長，也不能因為陷入「囚徒困境」的陷阱而失去判斷力。

6

田畑凌晨五點就起床了。

縣民時報五點半就會送到。

報上的確刊出那則消息。『向廚師太太發出逮捕令』、『為高額保險金殺人？』

田畑看了兩次那篇報導。雖然怒急攻心，但他已經有了心理準備，所以並沒有把報紙丟在地上。他急忙換好衣服，簡單吃完早餐，準備迎接因為被其他報社記者搶走獨家，而殺氣騰騰上門的記者猛烈的砲火攻擊。

不到六點，門鈴就響了。田畑打開玄關的拉門，發現東日新聞的真木站在門口。真木雖然沒有怒不可遏，但表情很凝重。

「時報果然寫了。」

「嗯，但是不實報導，並沒有猜中。」

「報導中並沒有提到共犯的男子。」

「沒錯。」

田畑之所以明確承認，是因為在真木上門的幾分鐘前，接到二組植草主任的電話，得知已經將鵜崎逮捕到案。

逮捕了共犯。搶先獨家報導錯誤內容的縣民時報，反而可能因此陷入窘境。報導的內容是永井貴代美「單獨犯案」，絲毫沒有提到有共犯。這意味著目黑在寫那篇報導時，並沒有完全弄清楚案件的全貌。

「九點之前會召開記者會，說明包括共犯在內的案情，詳細情況到時候再說。」

「好啊。」

田畑看到幾名記者從宿舍前的小路跑過來。真木瞥了後方一眼，又轉頭看著田畑說：

「聽說股票交易員命案的凶手也是兩個人。」

田畑大吃一驚，看著真木。

「我第一次聽說。」

田畑忍不住說了實話。股票交易員燒死命案目前正針對「白色藍鳥」這條微弱的線索逐一清查。雖然有點在意伴內憑直覺認為有問題的那個農協職員，但目前還沒有到討論那個人是不是凶手的階段，更不可能出現凶手有兩個人這種具體的推論。

田畑知道真木不會用這種方式「套話」，難道因為本案是把一個大男人活活燒死這種粗暴的犯罪手法，所以他認為凶手不止一人嗎？但是，真木並不是沒經驗的年輕記者，不可能隨口問自己亂猜的事。

「雖然不知道你是從哪裡得知這個消息，但這個消息很危險。」

他說這句話有一半是為了真木著想。這是因為真木表情嚴肅，研判他很可能會在晚報上寫這個消息。

記者一旦被其他報社的記者搶走獨家新聞，都很希望盡早「報復」，有時候會用手上未經證實的消息賭一把，或是對道聽塗說的消息信以為真，結果寫出錯誤報導或是虛假的報導。雖然身為「一課記者頭頭」的真木不可能犯這種愚蠢的錯誤，但媒體競爭的激烈程度也絲毫不比刑警的世界遜色。雖然是資深記者，不，正因為是資深記者，當其他報社搶走獨家新聞時，會承受更大的壓力。

原本打算多叮嚀真木一句，但他還來不及說出口，就被其他記者包圍了。那些記者不是發問，而是在責問田畑。只不過他們從田畑回答的語氣中發現，時報的報導很可能是不完整的獨家新聞，因此才沒有進一步發展為怒罵和指責。

清晨的風暴過去後，田畑走回宿舍，打電話給三組的村瀨。

「我是田畑。」

『有什麼事嗎？』

村瀨的聲音聽起來很不悅。他應該還在睡覺。

「記者問了我一個奇怪的線索。」

『關於我們的案子嗎？』

「對，對方說，股票交易員命案的凶手是兩個人。」

『兩個人？』

「你有沒有什麼頭緒？」

『完全沒有，是不是和其他案子搞混了？』

「是東日的真木問我這件事，所以不太可能是搞混。」

『……』

「村瀨——」

『……』

「喂，怎麼了？」

『真木說——凶手是兩個人嗎？』

「對。」

『我瞭解了，我會告訴伴內哥。』

村瀨的聲音聽起來很坦誠，完全不像是他平時的作風。

田畑掛上電話後，忍不住陷入了沉思。

股票交易員命案的凶手是兩個人。真木一定是在昨晚夜訪時得知了這個消息，搞不好是村瀨向他透露的。田畑帶著這樣的想法打了剛才那通電話，他以為村瀨有某種企圖，所以掌握了「凶手有兩個人」的線索，卻沒有向自己報告。他的腦海中浮現了這種可能性。

但是，事情並不是他想的那樣。從村瀨在電話中的態度，發現村瀨根本不知道「兩個人」這件事。那又是誰告訴真木的？

伴內……

不可能。伴內才剛開始懷疑那個姓家田的農協職員，不可能在現階段說出「凶手有兩個人」的想法，更何況伴內根本就不是這種故意放話玩弄策略的人。只不過——村瀨剛才說，「我會告訴伴內哥」，他剛才的坦誠態度到底是怎麼回事？

忙碌的工作讓他暫時拋開內心的疑問。

他在上午八點之前就來到縣警總部，二組送來永井貴代美和鵜崎的供詞，他比對分析兩人的供詞，發現貴代美昨晚說得沒錯，從計畫到執行都是由鵜崎主導。和尾關刑事部長討論後，九點在記者室舉行記者會。他在記者會上強調鵜崎是主謀，記者提出超過三十個問題，但時報的目黑完全沒有提問。目黑咬著嘴唇，在記者會結束之前，都一直低頭看著手上的記事本，沒有抬起頭。尾關部長偷笑著。也許是尾關向目黑透露貴代美自白的消息，為半年前的事報一箭之仇，向目黑透露不完整的獨家新聞，讓他栽跟頭。

田畑並沒有完全忘記早上的疑問。他坐在辦公桌前寫報告時，好幾次都停下筆。不知道為什麼，他總覺得這個疑問背後隱藏著極其重要的事，讓他感到心神不寧。

沒想到一件意外的事，解開了這個謎團。

下午一點多，當他指示相澤把偵查指揮車開去大門口時，接到S分局的人打來的電話。朽木帶領的一組目前進駐S分局，他還以為是主婦命案的相關報告，但那個自我介紹說姓工藤的警察是生活安全課的課長。

『不好意思打擾了，請問方便請教一件事嗎？』

「什麼事？」

『S車站前的柏青哥店發生了什麼事嗎？』

田畑歪著頭納悶。

「車站前的柏青哥店？不，我沒聽說，怎麼了？」

『聽說昨天下午，重案股的七、八名刑警去了那家柏青哥店，在那裡調查了超過六個小時，那家柏青哥店的老闆很緊張，問我到底怎麼了。』

一組的人？

田畑恍然大悟。

記憶的角落，有S車站前的柏青哥店這個名字。

田畑用力握著電話問：

「他們查了什麼？」

『他們拿了一張男人的照片，打聽那個男人二月五日是否曾經來過柏青哥店，打聽得很仔細，除了問柏青哥店的員工和老主顧，還問了所有第一次去店裡的客人，並要求店家說出當天沒有去店裡的老主顧名單，感覺是基於其他目的進行偵查——』

田畑掛上電話後，靠在椅背上，閉上眼睛。他的心跳加速，腦袋馬力全開，疾速運轉。

昨天在S分局偵訊室的景象清晰地出現在他的視網膜上，就是一組的田中審訊主婦命案的嫌犯掛川的場景。

田中詳細訊問了掛川一月三十一日之後每一天的行程。掛川有點不高興，但還是冷冷地回答。他對案發當天二月三日的行程行使緘默權，當問及四日的行程時，他顯得很焦躁。田中每問一個問題，他就忍不住咂嘴，好像隨時會情緒失控。在田中問到他五日的行程時，他不再咂嘴，說他去了車站前的柏青哥店，而且還主動交代說，在播放音樂之前，他都一直在店裡。

播放音樂——打烊——晚上十點。不知道掛川是刻意還是無意，他想要強調那個時間，他在車站前的柏青哥店。

二月五日晚上十點。那正是股票交易員燒死命案的犯案時間。

一定要把他繩之以法。田畑說完這句話，走出偵訊室時，朽木沒有回答。田畑當時覺得朽木的態度太自大，但是，自己誤會了朽木。朽木當時正專心細聽偵訊室內的對話，然後發現了掛川供詞的微妙變化。

徹底清查掛川的日常生活後，發現一件事——柏青哥店隨時有不特定多數的人進進出出，掛川以為不可能斷定某個客人「不在店裡」。朽木試著突破這個成見，於是動員了一組的所有人力，清查了車站前的柏青哥店，然後他確信一件事。

二月五日晚上十點，掛川不在柏青哥店內——

田畑努力想像朽木的思考。

應該是這樣。

主婦命案和股票交易員燒死命案的凶手都是掛川。不，目前假設凶手是包括掛川在內的「兩個人」。在偵查過程中，已經得知掛川在二月五日並沒有向租車行租車，他不可能拎著裝了行凶所使用的煤油塑膠桶走去命案現場，因此朽木猜想除了掛川以外，還有另一名開車的共犯。

田畑把筆和便條紙拿到手邊。

朽木可能先思考了命案的全貌。掛川透過電話交友，認識了坂田留美，並且發生肉體關係。留美又和股票交易員桑野透過電話交友發展為婚外情。桑野讓好幾個客戶在股票上虧了大錢，手頭很緊，也許正面臨裁員危機，於是就利用留美和掛川的事，聲稱「我要告訴你老婆」，向掛川勒索金錢。掛川就是為了這個原因，向錢莊借了一百萬圓。

如果只是這樣，掛川或許只能自認倒楣，並不會行凶殺人。但是，掛川也許有了「夥伴」，於是就壯了膽。

一月中旬，有人目擊一名長髮女子和男人走在山野邊車站，那個長髮女子應該就是留美。她在桑野的指示下尋找肥羊，然後和用捲起的體育報作為記號的男人見面。

那個男人被桑野勒索後，在一月下旬，偶然看到了站在山野邊車站驗票口附近的掛川。S分局和T分局的距離很近，那個男人和掛川的生活圈重疊並非不可能。男人看到了相同的記號，立刻意識到，又有一個人落入了仙人跳。但是，他並沒有當場上前警告掛川，而是跟著掛川和留美去了摩鐵。因為男人想要尋找「被害人夥伴」。只要有兩個人，就可以對抗桑野，如果苗頭不對，甚至可以幹掉桑野——

「課長……」

聽到有人小聲叫自己，轉頭一看，發現相澤紅著臉站在身旁。田畑剛才指示相澤把車開到大門口之後，遲遲沒有現身，所以相澤來叫他。

田畑站了起來。

他走下樓梯，漸漸發現自己的想像缺乏真實感。也許一切都是自己的幻想。他當了三十五年的刑警，從來沒有發生過按照自己想像的劇本破案的情況。

但是……

對朽木內心世界的想像應該八九不離十。

東日新聞的真木和一組的交情甚篤，一定是朽木跟真木說，股票交易員命案的凶手有兩個人。

為什麼？

田畑仔細體會著自己得出的結論。

因為他希望能夠讓即將退休的伴內華麗地走下刑警生涯的舞台。

一旦掌握了嫌犯，就在嫌犯面前說出掛川的名字，用「囚徒困境」這一招，讓嫌犯伏罪——朽木傳達了這個訊息。

一旦向上司報告這件事，就會成為一組的功勞，無法將榮耀歸於伴內；但是，如果直接告訴村瀨，又會讓三組顏面無光。於是，朽木想出了妙計。他透過真木，經由田畑，把這個消息告訴村瀨。不，也許真木在知情的情況下，扮演了媒介的角色。

再也找不到第二個像他這麼重感情，而且埋頭苦幹的刑警了，至少希望他帶著笑容離開一課。真木不是曾經深有感慨地這麼說嗎？

不是只有朽木和真木而已，一組所有人為了讓伴內帶著最後的榮耀光榮退休，在柏青哥店內耗了六個小時。

村瀨也察覺了這件事。他憑著自己動物的直覺，察覺一組的心意，坦誠地接受這份心意，所以他才會說「我瞭解了，我會告訴伴內哥」這句話。

原來並不是沙漠。

不，應該說，F縣警搜查一課的沙漠有水，也有綠洲。

田畑坐上了偵查指揮車。

坐在駕駛座上的相澤轉頭問他：

「先去M分局嗎？」

「我不是說過，你不要當藤吉郎嗎？」

「對不起。」

相澤慌忙關掉暖氣。

「笨蛋！現在為什麼要關掉？」

「喔，對喔。」

田畑輕輕笑了。

一名老刑警即將離開重案股，但又有一名血氣方剛的娃娃臉刑警加入。

「去T分局，股票交易員命案偵破了。」

「啊？」

身體因為睡眠不足而疲累不已。他隨著車子搖晃，想像著那個姓家田的農協職員落網。

密室漏洞

1

F縣警總部大樓五樓的小會議室——

東出裕文帶著煩躁和不安，坐在圓桌旁的椅子上。這名四十三歲的副警部，目前是搜查第一課重案搜查三股，俗稱「三組」的代理組長。

會議開始時間的下午四點已過，和東出同期進入警界，目前也在三組的石上坐在東出身旁，對面坐著組織犯罪對策課的湯淺課長和特搜組長小濱。只要尾關刑事部長和搜查一課的田畑課長現身，就會立刻開始「審判」。沒錯，這場幹部偵查會議無限接近「審判」。

今天這場會議的目的，就是為了釐清責任歸屬。

到底是誰的疏失，導致凶手從「密室」逃走？

湯淺和小濱這兩個組織犯罪對策課的搭檔不時瞄向東出，悄聲密談著。他們打算主張並不是自己的過錯，而是三組的疏失。

身後傳來開門的聲音，東出坐直身體，但走進會議室的既不是部長，也不是課長。

東出倒吸一口氣。坐在他身旁的石上瞪大眼睛。

三組的村瀨組長站在那裡。

「我不在的這段期間，辛苦你們了。」

村瀨同時對著東出和石上說。

他的身體看起來很不錯。雖然稍微瘦了些，但氣色很好，不需拐杖，也不需要任何人攙扶，獨自大步在東出的上座坐下。

東出目瞪口呆。

誰都以為村瀨再也無法站起來了。

村瀨多次短暫性腦缺血發作，最後導致腦梗塞。之前聽說幸好症狀並不嚴重，但是沒想到他在短短兩個月之後，就重返職場——

「組長，你的身體沒問題了嗎？」

東出戰戰兢兢地問。村瀨眉開眼笑地說：

「你要不要用鳥嘴戳我確認一下？」

東出大吃一驚。

用鳥嘴——

村瀨一定是在說金鵰的「兄弟相殘」這件事。

兩個月前發現的白骨遺骸，成為這起案件的起點。東出的腦海中清晰地回憶起那天發生的事。

2

那天是五月三日，正值黃金週。

上午將近十一點時，總部搜查一課接到了位在F縣北部Q分局的通知，「一對情侶上山採野菜時，發現一具已經變成白骨的屍體。」發現屍體的現場位在靠近縣境附近的中磯村國有林，由於那裡的環境和富士山麓的樹海很像，很多人去那裡自殺，在目前的採野菜旺季，不時會發現一年來累積的白骨屍體。

八成又是自殺——一課當時這麼認為，但在勘驗之後，發現殺人棄屍可能性相當高。幾天前剛偵破老婦人命案，正在等待新案子的三組接到了出動命令。

東出開著偵查車前往位在F縣北部的命案現場，村瀨坐在副駕駛座上。即使走高速公路，車程仍需兩個多小時，才能抵達現場。他的心情很沉重。和剛死亡不久的屍體相比，屍體一旦變成白骨，往往需要更長時間才能查出死者身分。再加上案件本身發生已久，很難查出確切的犯案和棄屍的時間。也就是說，這次接到一起很難偵破的案子。說白了，就是抽到了下下籤——東出在開車時，腦袋裡想著這件事。

如果是平時，村瀨不可能不表達意見。王八蛋，為什麼我們每次都接到這種狗屁案子？村瀨會在抱怨連連後，開始數落一組和二組，罵完一輪之後，嘴巴仍然停不下來，又開始發洩對高層的怨恨和不滿，經常讓同車的人不知如何是好。但是，那一天的情況不一樣，他坐在副駕駛座上格外安靜，東出感到奇怪。村瀨沒有多說廢話，只是以茫然的眼神注視著車窗，看起來完全不像是重案股的刑警，而是像在欣賞山村風景的騷人墨客。

事後回想起來，那就是前兆。

車子沿著中磯川駛入林道上山，周圍是一片深山密林，當過了水庫和公營民宿後，沒有鋪柏油的路變得很狹窄。

村瀨突然開了口。

「你知道前方的懸崖上方有金鵰的鳥巢嗎？」

「不……」

「前面有鳥巢，金鵰是一種很有趣的鳥——」

東出起初很專心開車，只是愛理不理地回應。因為道路很狹窄，而且路肩的土石鬆動，稍不留神，就可能墜落河川。

村瀨不以為意，滔滔不絕。

「金鵰通常會在鳥巢中生下兩顆蛋，兩顆蛋的孵化時間會有兩、三天的落差，先孵化的那隻雛鳥會用尖嘴拚命戳後孵化的那隻雛鳥，直到把後孵化的那隻雛鳥戳死為止。」

村瀨說到這裡，東出的耳朵和腦袋都不由自主地被他所說的故事吸引。

「真的有這種事嗎？」

「對啊，這是出了名的鳥類兄弟相殘的故事，只不過金鵰的情況更嚴重。因為即使是雛鳥，金鵰的體型也很大。而且當眼前發生兄弟相殘的慘劇時，母鳥卻一副事不關己的態度，不，母鳥根本是明知故犯，故意一前一後生下兩顆蛋。」

「為什麼要這麼做？」

「因為母鳥無法一次養育兩隻雛鳥。金鵰是猛禽，雖然是雛鳥，仍要吃很多肉，因此母鳥一開始就只打算養育一隻雛鳥長大，但如果只生一顆蛋，萬一是未受精卵，或是在孵化之前就死了，那一年的繁殖就泡湯了，不是嗎？」

「是啊。」

「即使孵化出來了，有些雛鳥天生就比較弱，無法離巢獨立；為了保險起見，母鳥就生了兩顆蛋，另一顆是備胎。如果先孵化的雛鳥很強壯，備胎就會落入被殺的可憐命運。也就是說，除非先孵化的那隻很弱或是死掉，否則備胎根本沒有機會活下來。」

東出聽了很不舒服。

他覺得村瀨在暗指三組的事。東出和石上是警察學校的同學，都是村瀨的下屬，雖然目前都是副警部，但東出比石上早一年升上副警部。東出覺得和石上的關係很像是金鵰母鳥相差兩、三天生下的兩顆蛋。

不，並不是相像，而是村瀨刻意的安排。如果認為村瀨刻意用這種方式安排三組的成員，很多事似乎都可以有合理的解釋。

東出和石上從巡查時代開始，就一直相互競爭。說好聽點，彼此是競爭對手，但其實雙方都不喜歡對方，除了工作以外，幾乎都不會聊天。村瀨是否知道這件事，故意讓他們兩個人成為自己的左右手？就像金鵰母鳥，是明知而故犯。村瀨認為他們兩個人在同組內競爭搶功，有助於提升整組的實力。果真如此的話，村瀨的策略奏了效。雖然照理說，「組內不和」可能會有風險，但三組以目前為止的工作成效證明，在刑警的世界，可以成為工作的原動力，並不會影響士氣。

但是……

村瀨可能還不滿足。如果他是金鵰母鳥，顯然期待兩隻雛鳥——東出和石上「自相殘殺」，而且逼迫他們趕快決一勝負。東出這麼想著，感到背脊發涼。他想起村瀨平時對「競爭」行為的異常執著，就覺得自己的推測並非無中生有。

車子沿著林道行駛了四公里左右，就是發現白骨屍體的現場。中途有落石的危險地帶禁止進入，但只是設置了簡單的木欄杆，如果想進入，司機只要把欄杆移開，就可以把車子開進來。

白骨屍體被棄置在林道往河流方向的陡坡窪地，首先看到面向側面的頭蓋骨，其他骨頭不知道是否被野獸啃食過，散亂一地，七零八落。在散亂的白骨之間，找到了腐爛的洋裝、開襟衫、皮帶、耳環等，現場逐漸形成了「被害人是女性」的看法。頭蓋骨旁，丟著被風吹雨淋後，已經破爛不堪的滾輪大行李箱，從裡面附著了大量女人的毛髮推測，凶手把女人的屍體裝進這個行李箱，從林道上方丟向河流的方向。

村瀨站在林道上，低頭看著棄屍現場。三組的十名刑警都聚集在他周圍，等待組長的「第一句話」。

如果說，一組朽木組長的偵查方式是標準的「邏輯推理型」，二組楠見組長採用的是「出其不意型」和「謀略型」，村瀨的偵查方式就是「靈感型」，也可以稱為「天才型」。重案股的所有刑警的自尊心很強，都自認具備了建立在經驗基礎上的洞悉力，掌握科學辨案的知識，但是，沒有一個人敢輕視村瀨在面對刑案現場時，可稱為「動物靈感」的直覺。因為所有人都知道，村瀨的直覺，就是洞悉案件本質的能力，所以村瀨在現場的「第一句話」，將成為組員接下來分頭展開偵查時，牢記在心的

「指標」。

村瀨吐了一口氣說：

「看起來很像是黑道幹的。」

「為什麼？」

東出和石上異口同聲問道。

「你們自己看，現場根本就像大海。」

所有人都環顧現場。

大家都理解了村瀨想要表達的意見。現場讓人有一種「粗暴」的感覺。凶手雖然把屍體運到這種深山幽谷，卻沒有掩埋入土，而是像丟垃圾一樣，連同行李箱，一起丟下河川，甚至沒有脫下有可能查出死者身分的衣物和遺留品。從眼前的現場，似乎可以聽到凶手虛張聲勢地叫囂——不需要鬼鬼祟祟、瞻前顧後，屍體被發現或是查出死者身分，老子都不怕。村瀨獨特的表達方式，讓三組的所有成員都看到了相同的「畫面」。現場根本就像大海。如同綁上重物後丟進大海的屍體，會被魚啃得面目全非一樣，這具女人的屍體也被野獸啃食，像海裡的海藻碎屑般四散。

凶手是凶殘暴虐絲毫不亞於黑道分子的人——

村瀨向下屬灌輸了這個概念。

接著就出事了。村瀨突然說不出話。他嘴唇微微顫抖，手上拿的寶特瓶掉落在地上。雙眼眼神空洞，視線左右移動。東出叫了他一聲，但他沒有回應。不，他無法回應。村瀨的腦血管短暫阻塞，血液循環停止。短暫性腦缺血發作。東出事後才知道這一切。

東出讓村瀨躺在車子的後車座，急急忙忙沿著林道下了山。

東出在下山的車上想到，村瀨察覺到身體出了問題，才會提起金鵰的事。自己生了病，無法繼續指揮三組。村瀨試圖藉此對東出說：「之後的事就交給你了。」果真如此的話，那兩隻金鵰雛鳥就不是指東出和石上的關係。而是意味著，村瀨並不認為自己是母鳥，而是先孵化的雛鳥，然後把接力棒交給「備胎」的第二隻雛鳥。

抵達醫院時，村瀨第二次發作。醫生直截了當地說，有三分之一的人會自然痊癒，三分之一的人會反覆發作，剩下的三分之一會腦梗塞。

不幸的是，村瀨屬於第三種情況。

離開醫院時，東出的腦海中閃過一個念頭。

第一隻雛鳥死了。身為「備胎」的自己得以成為三組的繼承人活下去。

3

會議室內靜悄悄的。

四點十五分。尾關刑事部長和搜一課的田畑課長仍然沒有現身。

「那兩個豬頭在幹嘛？到底要讓人等多久啊？」

村瀨惡言惡語地說，他說話和生病之前完全一樣。

東出的內心很複雜。

既有安心的念頭……

失望的烏雲也同時在內心擴散……

他回想起這兩個月來的辛苦。

村瀨住院的隔天，部長就任命他為三組的代理組長。他來不及感受喜悅，也無暇體會身上的擔子。因為「白骨屍」的偵查工作不等人。

在管轄現場的Q分局成立了搜查總部，當務之急，就是要確認女屍的身分。科搜研鑑定骨骼和牙齒後，研判死者是年齡在二十歲到三十五歲之間，身高一百五十公分左右的亞洲人，死亡至今已經有一年半到三年的時間。

從棄屍現場找到的洋裝是法國知名品牌Sonia Rykiel，是市價超過十萬圓的高級精品。那件開襟衫是黑底金線橫條紋圖案的日本貨，三角圖案組成的真皮皮帶是義大利品牌。三組和Q分局刑事課成員針對這些遺留品組成了「銷路調查小組」，派往東京和橫濱等地調查。

行李箱也是重要的線索。東京都內的業者過去五年期間，生產了七百一十一個這種苔綠色的行李箱，在全國十七家百貨公司販售。主要用途是出國旅行，如果客人不是在百貨公司用現金購買後當場拿走，而是寄送到府，或是刷卡購物，就可能直接查到凶手或是被害人。

由於屍體的牙齒治療痕跡有顯著的特徵，上下排牙齒總共有十一顆蛀牙，大部分都使用合金修補，於是在齒型調查中投入了更多警力。

該進行的各項偵查工作無一疏漏。東出在村瀨手下整整兩年，自認充分吸收了指揮偵查工作的知識和經驗，當然有一定程度的自信。但是——

偵查的指揮工作無法如意，狀況極度混亂。

東出偷瞄著和他保持些微距離，坐在旁邊座位的石上。

少了村瀨這塊鎮石，就清楚感受到石上對東出有多麼強烈的競爭心。「應急人事安排」讓石上的競爭心浮上檯面，而且一下子強烈燃燒起來。升上副警部的年次只相差一年，東出被升為代理課長，老同學石上成為東出的下屬。也許石上不光是對這樣的人事安排感到不合理，也同時體會到身為「備胎」的悲哀和恐懼。為了避免在組內被抹殺，石上開始強烈表現自我。

無論東出提出任何偵查方針，石上都有不同的意見，而且次數頻繁，又很執拗，簡直到了妨礙偵查工作的程度。而且石上還運用了策略，全心投入行李箱銷售途徑的偵查工作。因為他認定苔綠色是「男人的顏色」，於是打算跳過調查被害人身分這個步驟，試圖一口氣逮捕凶手。他一定認為一旦成功逮到凶手，就可以把東出趕出「鳥巢」，自己順理成章地成為村瀨的接班人。東出派了幾名組員去向牙醫調查，沒想到石上竟然偷偷指示其中一名自己心腹下屬去調查行李箱。東出怒不可遏，因為他發現石上真心試圖掌握三組的主導權，感到不寒而慄，便當著下屬的面訓斥石上。他用「鳥嘴」用力戳石上，讓石上知道自己只是「備胎」。下屬目睹兩名可能成為組長的人產生對立，紛紛疑神疑鬼，組內的關係變得緊張。也許該說東出比較幸運，行李箱還沒有查出眉目，就先查到了被害人的身分。

那是十天前的事。牙齒的治療痕跡成為突破的關鍵。

三村多佳子。她在鄰縣出生，高中畢業後，獨自住在F市區的公寓，兩年前失蹤，失蹤當時二十四歲。根據目前掌握的幾張照片，東出的記憶中原本只是長了青苔的頭蓋骨上，有了眉清目秀的美女表情。

但是，接下來的偵查又陷入困境。三村多佳子交遊廣闊的程度令人驚訝。英語會話班、茶道、插花、拼布藝術、料理教室，她在不同時期上了超過十多種才藝課，她在這些才藝教室認識了許多同學，逢人就說自己的夢想。

不久後我會去加州，在那裡找一個高大的白人男子結婚，然後要一直住在美國——

為了實現這個遠大的夢想，三村多佳子的生活也變得不單純。她涉足色情行業。為了賺取上這些才藝班的學費，和籌措去美國的資金，她每個月有超過二十天會在F市鬧區的口交酒吧和色情按摩店打工。她租的公寓內堆滿了有美國西海岸專題報導的旅行雜誌和廣告單，向信用卡公司調查後，發現棄屍現場的那個行李箱是多佳子購買的。說起來實在很可悲，多佳子被裝在原本要一起帶去美國的那個行李箱內，被丟棄在和加州完全沾不上邊的深山幽谷中。

東出暫時停止調查三村多佳子在才藝班的交友關係，把所有警力都派去鬧區偵查。石上對東出的這個決定並沒有提出任何意見。凶手是凶殘暴虐絲毫不亞於黑道分子的人——這不是根據東出的分析，而是根據村瀨的直覺所決定的偵查方針。

不久之後，就有幾個男人成為偵查的重點。

其中，名叫早野誠一的三十歲男子嫌疑重大。F市內鬧區有七成都是當地黑道幫派「鷺下組」的地盤，早野就是「鷺下組」的人，而且是個渣男。他以前是牛郎，對付女人很有一套。當初就是早野把三村多佳子從口交酒吧挖角去色情按摩店。刑警從早野的前女友口中得知了他的性癖好，他在上床時，必定會使用藥助興，在高潮時掐女人的脖子——

一定要把他抓來徹底審問。

刑警在查訪中打聽到的消息，讓東出決定要和早野對決。一名公營民宿的職員提供了線報，他想起兩年前七月，一輛鮮紅色奧迪在中磯川旁的林道中陷入泥濘。那名職員以為是女性駕駛的車，走上前準備幫忙，沒想到一個身穿夏威夷衫，戴著墨鏡的男子好像在趕蒼蠅般揮手拒絕。刑警出示早野的照片後，那名職員證實「很像當時的男人」。

早野開的是一輛深藍色的紳寶，三年來都沒有換車。但是在調查早野的交友關係後，找到了他和「紅色奧迪」的交集。一名之前曾經和早野有肉體關係的酒店小姐，開的就是紅色奧迪。雖然打算深入追查，但至今仍然沒有找到那名酒店小姐和紅色奧迪的下落。三村多佳子可能並不是早野唯一殺害的女人。

前天下午，東出向尾關刑事部長和田畑課長報告，打算逮捕早野。早野獨自住在

F市中心的高級大樓，等他今天晚上回家後，就派人在公寓附近監視，明天清晨六點，就把早野帶到F中央分局，花一整天的時間徹底審訊——

一大清早就抓人是警察常用的手段。就算收到法院的逮捕令，也不會在一早就執行，而是會在審訊一整天、在嫌犯自白，或是發現嫌犯嫌疑重大時，才會執行逮捕令。這是因為在逮捕之後，必須在四十八小時以內將嫌犯移送檢方，如果早上抓人時就執行逮捕令，整體的審訊時間就會減少。

目前時機是否還未成熟？田畑課長對審訊早野一事採取了謹慎的態度，他很在意目前只掌握目擊紅色奧迪的線報是在「七月上旬」，但是因無法確定棄屍的時間，根本難以追究。而且早野雖然是渣男，但畢竟是鷺下組的成員，除非幫派老大下令，否則不可能輕易認罪——田畑平時對重案股的三名組長說話時有所顧忌，但似乎對只是「代理」身分的東出充分表達意見，發洩平日的鬱憤？東出在聽田畑說話時，清楚感受到這一點。

但尾關部長的態度很積極。畢竟是陳年舊案，如果不及時採取行動，時間拖越久，破案的機會就更加渺茫。除了三村多佳子的事以外，還可以慢慢透露紅色奧迪和酒店小姐的事，表現出一副「我們都知道」的樣子向早野施壓。尾關部長如此指示後，同意審訊早野。

但是，在漏夜監視早野公寓這件事上，尾關提出了一個條件。他指示東出必須請組織犯罪對策課的刑警一起加入。既然要調查鷺下組的人，就要向負責黑道幫派的組織犯罪對策課打招呼。組織犯罪對策課也是刑事部的一個部門，站在部長的立場，如果逮捕早野，卻事先沒有知會一聲，組織犯罪對策課可能會不高興，如此一來，會對部內的管理產生負面影響，但也不可能下令自視甚高的重案股和組織犯罪對策課一起偵辦這起案子，所以提出了「協助」監視，這個讓雙方都有面子的方案。

「我們的人手很充足。」東出斷然拒絕了這個提議。雖然只是形式上的支援，但是要求實力差一大截的組織犯罪對策課的協助，有損重案股的威名。氏家忠宏。目前在組織犯罪對策課內，而且是老同學中升遷最快的那張臉閃過他的腦海。無論如何，部長的提議都讓人難以接受。之前在暗中調查早野時，就完全沒有知會組織犯罪對策課，倘若未來必須直接調查鷺下組，他不打算透過組織犯罪對策課，而是由三組直搗鷺下組的老窩。

尾關部長堅持己見。先是說「你要顧全組織犯罪對策課的面子」，最後用「要顧全我的面子」這句話逼迫，看到東出仍然沒點頭，漲紅了臉，用拳頭敲打桌子。

東出在無奈之下，只能點頭答應。晚上九點的時候，帶著滿腹的煩躁打電話去組織犯罪對策課特搜組長小濱的宿舍，提出要借調三名人手的要求。東出沒有說明理由，只說在F車站前的派出所集合。他打算藉此表示只是把組織犯罪對策課「當下屬」的態度，否則就會失去三組內部對他的信任。小濱組長當然不可能瞭解東出的這些想法，他果然火冒三丈，要求他說明理由。東出只說了句「見面再說」，就掛上電話。

在集合地點，東出和組織犯罪對策課的人起了爭執，直到九點四十五分才做好監視的準備工作。東出安排了十四名刑警在離F車站不遠的「柊公寓」周圍監視。十五分鐘後，早野誠一在晚上十點整，開車回了家。

明天清晨六點就要逮人——

所有人都熬夜監視。

東出的手下監視公寓大門。

石上帶領的刑警守在公寓側門。

組織犯罪對策課的刑警負責通往地下停車場的出入口。

這樣的部署密不透風，早野插翅難飛。照理說，應該是這樣。沒想到——

早野誠一就像煙霧般消失不見。然後在五公里外的女人家中露了一下臉，之後下落不明。

會議室的門打開了。

尾關刑事部長和田畑課長一起走進來。兩個人都面色凝重。不，應該說兩個人的表情都很可怕。

尾關走到前方的主席座位，還沒坐下就開了口。

「任何人都會犯錯——警察一旦說這種話就完了，你們知道嗎？」

會議室內的氣氛頓時相當緊張。

東出看向組織犯罪對策課的人，對方回瞪，眼神很討人厭，毫不掩飾內心的敵意。

絕對是組織犯罪對策課的失誤。東出對此深信不疑。他們只是「客人」，而且被當成「手下」使喚，當然會心生不滿，因此在監視時馬馬虎虎，心不在焉，沒有發現早野溜出了公寓。

三組的人不可能犯這種錯。因為三組的人馬原本就是精銳部隊，為了偵破這起案子，已經連續兩個月都沒有休假，沒日沒夜地投入偵查工作。最後順利查出已經化為白骨的屍體是三村多佳子，靠著微弱的線索查到了早野誠一，終於等到了明天可以審訊早野的這一天，對最後關頭的監視工作不可能鬆懈。

但是……

東出觀察著坐在左側的石上。

如果發生「萬一」，問題一定出在他身上。他可能基於對東出的反彈，就沒有全力投入監視，不，很可能是為了讓東出陷入困境，故意馬馬虎虎。很有可能。基於嫉妒和怨恨，不能排除石上認為這次的監視工作是把東出趕出「鳥巢」的大好機會。

問題在於責任的歸屬。

如果是石上的疏失，是否會追究東出這個代理組長的責任？

東出試著觀察右側的動靜。

村瀨到底怎麼看這件事？以結果來說，早野誠一從眼皮底下逃走了。既然這樣，無論是誰的疏失，都打算換「備胎」嗎？

「東出，可以開始了。」

田畑課長宣布會議開始。

「首先說明監視的狀況，要詳細說明。」

田畑的聲音格外嚴厲。

東出口乾舌燥，但還是吞著口水起身。

坐在旁邊的村瀨嘀咕：

「慢慢來，反正有的是時間。」

4

「我來說明監視當晚的情況。」

東出帶著上戰場的心情開口。

「在此之前，先說明一下監視對象所在的柊公寓。這棟大樓屋齡三年，有屋主自住，也有出租給租客，樓高十四層，有自動門禁系統。早野租的是十二樓西南邊間的1207室。地下室是停車場，早野租用了六十七號車位，他名下的深藍色紳寶停在那裡。關於前天的監視行動——」

東出拿起放在長桌上的資料。

「當天在A、B、C、D四個地點進行監視，請各位看手邊的資料。首先是A地點，從這裡監視大樓的大門。」

東出帶領五名三組的下屬負責監視面向大馬路的公寓大門。他們借用馬路對面的行政書士事務所二樓，和大門的距離大約三十公尺，採取從窗簾縫隙肉眼監視的傳統方式。

「接著是B地點——」

石上等三名三組的成員負責監視位在大樓左側的側門，由於無法在至近距離找到適當的監視地點，只能從相距大約一百公尺的市營美術館三樓的窗戶，用夜視望遠鏡監視。

「為什麼B地點的人數比A地點少？」

田畑課長插嘴問。

「監視距離比較遠的側門，難度不是比大門更高嗎？」

「為了在發生突發緊急狀況時可以及時處理，在距離比較近的A地點安排了較多人。側門外有兩盞路燈，我並不認為監視有多大的困難。」

東出一口氣回答，他感覺全身都在冒汗。這場會議的主要目的，果然是追究代理組長的東出的責任。

「繼續。」

「是——C地點是監視大樓後方的地下停車場往地面的出入口。」

「等一下。」

田畑再次打斷。

「難道是把車子停在兒童公園旁，然後坐在車上監視嗎？」

「是的。」

執。

東出在回答的同時，看向坐在對面的特搜組小濱組長。他們曾經為這件事發生爭執。

前天晚上九點十五分，他和小濱在F車站前派出所會合。小濱開著組織犯罪對策課的車子來到派出所前，東出上了他的車，說明了情況。車上還有小濱的兩名下屬，他們聽說搜查一課正在追早野誠一，立刻臉色大變。

東出搭著組織犯罪對策課的車子前往柊公寓，九點四十五分抵達現場。東出指示的C地點，是一家廢棄補習班的教室，但是小濱表示反對，他認為距離太遠，看不清停車場的出入口，堅持要在車上監視；而且小濱指示下屬，把車子停在兒童公園的路旁。這簡直就是故意找麻煩。小濱的臉上寫著，不可能對一課言聽計從。

在車上監視很可能被早野發現。東出努力說服小濱，但小濱不聽勸阻，然後就發生了意外。

早野誠一開車回家，駛過停在公園旁的監視車旁。一切發生在轉眼之間，早野的紳寶一晃而過，直接駛入大樓的地下停車場。

如果早野發現遭到警方監視，應該就是在那個時候。雖然只在剎那間，但紳寶車的車頭燈照亮了組織犯罪對策課的車內。小濱說，早野並沒有轉頭看過來，東出也有同感，但即使如此，監視車輛和嫌犯車輛兩者過度接近的跡近錯失，算是重大失誤。

「東出，趕快回答，為什麼不是在建築物內，而是在車內監視？」
田畑用嚴厲的語氣問。
「因為……」
東出不知該如何回答。
把責任推卸給小濱很簡單。小濱是警部，警階比東出高一階，只要說是小濱的命令，就可以推卸責任，只不過他把到了喉頭的話吞了下去。
小濱抬眼瞪著東出。他一頭電棒鬈毛頭，留著鬍子，是典型的「比黑道更像黑道的刑警」。
東出當然不是因為怕他而沉默不語，真正的原因是，他當時和小濱在車上建立了「密約」。
不要告訴上面和那傢伙近距離接觸的事。
小濱這麼說，東出點頭答應。因為在過度接近的問題上，東出的疏失比小濱更大。他錯估了早野回家的時間。他以為把聲色場所當自己家的渣男最早也要半夜十二點之後才會回家，因此設定從晚上十點開始監視，沒想到早野在十點就回家了。雖然是因為小濱主張在車上監視，才造成這個結果，但是如果歸咎於身為偵查指揮官錯估形勢，東出就無話可說了。

「我和小濱組長討論之後，決定將原計畫在建築物內監視改為在車上監視。由於周圍的情況和白天勘查時不一樣，看不太清楚停車場出入口的情況。」

東出的辯解聽起來很無力。田畑以冷漠的視線看著他。東出很清楚田畑為什麼這次對他的態度特別嚴厲，因為當初田畑認為「時機還未成熟」，反對審訊早野，雖然最後聽從了部長的判斷，但內心深處仍然有「誰叫你當初不聽我意見」的想法。

小濱表情緩和了些，露出「算你識相」的眼神看著東出。

東出帶著不快的心情，繼續報告D地點的監視狀況。

「D地點是大樓西方三百公尺的國營公司大樓，以望遠鏡監視早野的家。早野的住家在晚上十點零九分亮了燈，十一點四十七分關燈。所有窗戶都拉上窗簾，無法得知屋內的狀況。」

「他竟然這麼早就睡覺了。」

尾關部長驚訝地說，然後環顧所有出席者。

「然後呢？A地點到D地點在早上六點之前，應該沒有人離開崗位吧？」

東出最先回答：

「A地點完全沒有這種情況。我在深夜十一點半之前，都在組織犯罪對策課的車子上監視，之後回到A地點和其他人會合，每兩個小時輪班，隨時都有兩名組員監視大門。到早上為止，總共有二十七個人出入，都已經確定了他們的身分。」

停頓一秒後，坐在東出身旁的石上開口。

「B地點也持續進行監視，總共有十二個人出入，我可以斷言，其中並沒有早野誠一。」

小濱又接著說：

「我們當然確實監視著停車場的出入口，我們沒有輪流，而是三個人一起監視，只有去上廁所或是去便利商店買東西時，才會暫時離開崗位。即使有人離開，仍然至少有四隻眼睛盯著出入口。總共有三十四輛車子駛入，四輛車子駛出，早野的深藍色紳寶車進去之後，就沒有再出來。」

「既然這樣，早野是怎麼離開那棟大樓的？」

尾關的聲音帶著怒氣。

「不好意思。」就在這時，一個身穿軟趴趴西裝的人走進會議室。

他就是氏家忠宏。今年春天，從生活安全課調到了組織犯罪對策課的特搜組。他是小濱的直屬下屬，因此在小濱身旁坐下，但他的頭髮中分，沒有抹油，出現在電棒鬈毛頭旁邊，有一種奇異的感覺。

東出沒有看他。氏家忠宏是老同學中升得最快的人，雖然平時幾乎沒有打交道，但每次看到他一副自以為是菁英的態度就很火大。氏家忠宏也參加了前天晚上的監視，在一旁附和小濱，目中無人地說什麼「在車上監視更靈活」，而且——

「辛苦了。」

尾關轉頭看向氏家，在桌子上探出身體問：

「之後情況怎麼樣？早野沒有去找其他女人嗎？」

「對，目前還沒有發現。雖然我們正在努力查訪，希望可以先發制人，但問題是曾經和早野有一腿的女人太多了，還需要一點時間，才能掌握所有的對象。」

「那就拜託了，顯然那條線索的偵查速度比較快。」

尾關的這句話深深刺痛了東出。他很生氣，也很不甘心，但氏家打聽到的消息的確具有決定性。早野誠一突破了大樓的包圍網，去了女人的家——

東出帶著後悔的心情，回想著昨天早上的衝擊。

5

他們在凌晨五點五十分進入柊公寓。

東出率領的A地點組員負責執行這項任務。他們找來管理員，打開大門玄關的自動門，搭電梯來到十二樓，按了位在西南方邊間的1207室的門鈴。

屋內沒有回應。接著又按了兩、三次門鈴，想到門鈴可能故障，於是就敲了門，但完全沒有應門的動靜。這時才發現，門沒有鎖。有自動門禁系統的大樓經常會發生這種情況，因為住戶過度相信大樓的安全性，經常忘記鎖門。

他們推門而入。

早野先生——三組的人叫著他的名字，去各個房間找人。那是兩房一廳的格局。客廳、浴室、廁所、壁櫥、陽台……找遍整個家裡都不見人影，早野誠一突然消失了。

雖然房間內很凌亂，但並不像倉皇逃走的樣子，也沒有打鬥的痕跡，所有窗戶都從內側鎖住，床上雖然有點亂，但床墊冰冷。

房間內沒有找到皮夾或是駕照之類的東西，也沒有裝市內電話，可能日常生活都用手機聯絡。在偵查過程中已經查到了他的手機號碼，但連續打了多次都沒有通，他似乎關機了。

大家都認為早野還在那棟大樓內。大樓的逃生梯並不是設置在戶外，而是設置在大樓內部。偵查員沿著逃生梯走到一樓，又再次從一樓走到屋頂，完全看不到任何可以躲藏的地方。

其中一名下屬說，早野會不會和大樓內的某個女人有關係，躲在那個女人的家裡——完全有這種可能性。於是請管理員調查了獨自居住的女人。大樓內有九個人獨自居住，七個人是酒店小姐，其中一個人離了婚，帶著三歲的女兒同住。於是偵查員逐一上門詢問，每個女人都打著呵欠來應門，在提問早野誠一的姓名並出示照片後，每個人都說「不認識」。

接著又確認了監視器的影像。

一樓大門、電梯內、通往地下停車場的便門，所有監視器都沒有拍到早野的身影，只不過有一個小漏洞。管理員在凌晨兩點上床睡覺，在他睡覺之前，監視器並沒有錄影。這名七十歲的退休自衛官老當益壯，堅稱自己一直看著監視器螢幕，但在追問之後，才承認在看監視器的同時，正在看電視播放的深夜電影。

東出指揮部分偵查員進入大樓內開始逐戶查訪，在查完三分之一戶的上午十一點多，指揮偵查的東出接到了令人驚愕的消息。

早野去了舊情人的公寓——

高橋冴子。二十五歲，在小酒吧上班。

據冴子說，上午九點左右，早野突然去找她，拜託她：「車子借我用一下。」早野看起來神色很慌張，冴子冷冷地拒絕說：「幹嘛還來找我。」早野立刻暴怒，突然情緒失控，揍了冴子的臉一拳就逃走了——

是組織犯罪對策課的氏家查得這個消息的。他運用之前在生活安全課時代的人際關係，向在聲色場所打滾的女人打聽早野的消息。

早野逃亡。東出聽到這個消息時，覺得全身的寒毛都豎了起來。

「密室」被衝破了。

密室的某個地方出現了漏洞，但是，漏洞到底在哪裡？

6

「為什麼讓早野誠一這麼輕易就逃走了？你們把所有的可能性都說出來聽聽。」

尾關部長說。這句話的意思，等於要求在場的人互揭瘡疤。

東出低頭看著桌子。他的腦海中浮現了幾種可能性，但身為偵查指揮官，他不願意搶先開口。

組織犯罪對策課長湯淺說出了東出想到的其中一種可能性。

「整個晚上都在一百公尺外用望遠鏡監視，恐怕任何人都沒那個毅力。」

石上立刻抬頭看過去。

「我記得剛才已經說了，我們持續進行監視。」

「但是，如果有人從側門出來，躲去房子後面需要幾秒鐘？你們事先應該算過吧？十秒嗎？還是十五秒？」

「七秒。」

石上不悅地回答。

「原來只要七秒。」

湯淺故意誇張地表示驚訝，然後轉頭看向尾關部長。

「一整晚中的七秒啊，嗯，我覺得不能太苛責。」

尾關輕輕點點頭。

東出猶豫不決，不知道是否該發言。如果最後變成是自己所在的A地點的責任，那還不如由石上的B地點扛起這個責任，問題是事情並不是這麼簡單。如果這場會議是三組和組織犯罪對策課的對決，那他覺得必須為石上說幾句話。

東出字斟句酌地開口。

「大門口的監視器可以拍到側門前，也就是說，並不是一整晚，而是監視器沒有錄影的晚上十點到凌晨兩點之間的七秒鐘，更精確地說，是早野的房間關燈的晚上十一點四十七分到凌晨兩點之間的七秒鐘。」

湯淺冷笑一聲，坐在他旁邊的小濱也輕蔑一笑。他們是覺得這種說詞根本沒有發揮掩護作用嗎？

石上可能也有相同的想法，他親自反擊說：

「那棟大樓可以從逃生梯走去地下室，早野誠一可能從地下停車場搭別人的車子離開——是否也不能排除這種可能性？」

東出曾經想過這個可能性。只要同棟大樓內有內應，就有這種可能性。

小濱收起笑容，探出腦袋。

「我們和你們不一樣，我們仔細確認了從地下停車場離開的每一輛車上坐的人。」

「如果是躺在後車廂呢？或是躺在後座呢？」

「即使是這樣，也必須經過停車場的門才能上車，監視器並沒有拍到早野的身影。」

石上並沒有退縮。

「如果是躲在行李箱內，然後由別人拖著行李箱去停車場呢？」

「有可能！他把女人塞進行李箱丟棄，的確有可能這麼做——問題是，監視器也沒有拍到這一幕。」

「如果是沒有錄影的晚上十一點四十七分到凌晨兩點期間呢？你相信管理員的眼睛嗎？」

小濱露出得意的笑容，似乎早就在等這個問題。

「很遺憾，那段時間只有一輛車子離開地下停車場，而且我們也調查了那輛車，車主夫妻都是私立高中的老師，因為兩歲的兒子發了超過四十度的高燒，所以他們開車送兒子去醫院——怎麼樣？你滿意了嗎？」

石上沉默不語。

怒火在東出的內心翻騰。

他並沒有接到這樣的報告。組織犯罪對策課無視偵查指揮官東出的存在，擅自進行偵查，打算自己抓到凶手。

東出氣鼓鼓地問：

「除了車子以外呢？」

「什麼？」

小濱詫異地看著東出。

「我在問除了車子以外，有沒有看到人？」

東出以低沉的嗓音說：

「早野在晚上十一點四十七分到凌晨兩點之間，從逃生梯來到地下室，趁管理員在看電視的時候進入停車場，但並沒有坐上車，而是步行從出入口逃出去——你們只注意車子，所以並沒有看到彎著腰逃走的早野！」

「你別小看人！」

小濱激動地說：

「難道你以為我們瞎了眼嗎？不要以為自己是重案股的人就神氣活現！絕對是你們的疏失，你就乖乖承認吧！」

「我們哪裡有疏失？」

東出在桌子下方握緊拳頭。

「八成是你們清晨進大樓時，讓他溜走了。你們大搖大擺地從大門走進去，早野躲在暗處看著你們，扮著鬼臉逃走了，你們這些傻瓜很容易犯這種錯！」

「你說誰傻瓜！」

東出拍著桌子起身。

「當時留了人手在外面監視，不要隨便愚弄人！」

他已經把跡近錯失的「密約」拋在腦後。

「你這個副警部要頂撞上司嗎？」

「去你的！我從來都不覺得你是上司！趕快退出我們的案子，去和黑道打花牌吧！」

「你說什麼？」

「要打架嗎？」

「別吵了。」

氏家開了口。他說完這句話，立刻轉頭看向尾關部長問：

「部長，開這種會到底有什麼意義？我認為根本是在浪費時間。我們在這裡浪費時間，早野誠一卻逃之夭夭了。我認為去第一線偵查比開會更有意義。」

東出感覺被潑了一盆冷水。

他也有同感，而且一開始就搞不懂，為什麼要在這個節骨眼開會。

雖然氏家完全道出他內心的想法，但他並不打算表示同意。坐在旁邊的石上同樣用眼神和眉毛表達了意見。

少在那裡裝好學生──

東出將怒火噴向氏家。

「早野並不一定真的逃走了。」

「咦？」

氏家錯愕地歪著頭。

東出繼續說道：

「我是說，也許那個女人在說謊，早野可能還躲在那棟大樓內，然後從那裡打電話到高橋冴子的家中，要她告訴警察，說他曾經上門。你被冴子騙了──怎麼樣？」

東出沒有排除這種可能性。目前那棟大樓的三個出入口仍然分別派了兩個人監視。

氏家納悶地看著東出問：

「那她臉上被揍的傷是怎麼來的？」

「要把自己的臉弄傷還不容易嗎？」

氏家一臉嚴肅。

「我查過她公寓的電話，從前天晚上到昨天中午，只有她母親打了一通電話給她。」

「那有可能早野打電話給其他人，請那個人轉告高橋冴子。」

東出知道這種可能性很牽強。

氏家立刻反駁說：

「難道她真的相信別人轉告，然後就乖乖打電話報警嗎？而且還把自己的臉弄傷？以常識來思考，根本不可能有這種事。」

「但是——」

東出說到一半，倒吸一口氣。

他聽到坐在自己旁邊的村瀨正在小聲嘀咕。

他豎起耳朵。

「……所以只要在密室製造漏洞就解決了……」

東出很錯愕。

村瀨的意思是，早野誠一已經逃出那棟大樓了？

不，等一下。

只要在密室製造漏洞就解決了。

這句話太奇怪了。

「製造」是什麼意思？難道他並不是說密室有漏洞，而是早野誠一「製造」了漏洞嗎？而且「只要在密室製造漏洞就解決了」這句話可以解釋成未來式。

後遺症——

這三個字閃過他的腦海。

東出再次偷瞄向身旁。

村瀨的手正忙著寫字，他不知道在記事本上寫什麼，絲毫感受不到之前生病留下了什麼後遺症。

東出抬起雙眼，打量著村瀨側臉時，突然震撼不已。

和當時的表情很像。

就是村瀨陷入思考，準備說「第一句話」時的表情——

7

會議室內的所有人都沉默不語。

快七點了。大家都已經討論完畢，尾關刑事部長卻沒有宣布散會。

村瀨並沒有說出「第一句話」，東出覺得可能是自己想太多了。

東出恢復冷靜。

剛才和氏家的一番唇槍舌戰，他發現自己似乎找到了謎團的根源。

早野誠一為什麼要從家裡逃走？

雖然身為刑警，認定凶手當然會逃走，但仔細思考之後，發現搞不懂早野逃走的理由。

即使早野是凶手，他殺害三村多佳子，在山上棄屍已經是兩年前的事了。兩個月前，報紙上大篇幅刊登發現白骨屍骸，並查明死者身分的新聞。早野可能認為警方會查到自己，因而開始警戒。

但是，媒體同時也大肆報導警方無法斷定犯案和棄屍的具體日期，照理說，他應該認為即使面對警方的偵訊，仍有很多脫罪之詞，更何況他根本不可能想到縣警總部搜查一課的重案股認定他就是兇手，準備全面出擊。

但是，早野卻逃走了。

難道他發現遭到監視了嗎？他發現警方嚴陣以待，因此心生畏懼逃走了？

果真如此的話，他就是在過度接近時發現的。但是，早野之後仍將車子開進了地下停車場。如果他發現被警方監視，真的察覺到自己有危險，當時應該不會駛入停車場，而是加速逃走。

應該可以認為他並沒有發現遭到監視。小濱斷言，早野並沒有轉頭看過來，東出也有同感。早野在毫不知情的情況下，把車子停在停車場，搭電梯回到十二樓的家。到這裡為止，早野的生活一如往常。

所以關鍵在於之後。

早野回到家中後，察覺到自己有危險。他為什麼會察覺危險？而且是什麼時候察覺的？早野房間的燈在晚上十點零九分亮起，十一點四十七分熄燈，他絕對在這段期間內，察覺到危險。

他在十一點四十七分關燈……

東出突然覺得好像看到了什麼關鍵。

東出抬起頭。

因為他聽到有人重重地嘆氣。是氏家。氏家轉頭看向尾關部長說：

「不好意思，我又要重複剛才說的話，我實在無法理解這個會議的目的，而且已經開了三個小時，開這種會議到底有什麼好處？」

尾關說：

「我也搞不懂。」

東出懷疑自己聽錯了。

所有人都看向尾關。尾關看起來並不像在開玩笑。

原來並不是部長要召開這個會議。

東出看向田畑。

令人難以置信的是，搜查一課課長的神態顯示，也不是他。

東出感到背脊發冷。他的腦海中浮現用刪去法得到的答案。

他緩緩轉頭看向身旁的座位。

是村瀨。

是村瀨要召開這場會議。

但是，為什麼？

他打算用這種方式歸隊？他身為三組的組長，想搞清楚在他缺席的這段期間，案件的偵辦情況嗎？果真如此的話，他已經達到目的，所有人都說出各自掌握的情況，已經沒有新發展了。

但是，村瀨沒有任何行動。

他在等待。

這裡會發生什麼狀況嗎？

還是外面會有什麼消息傳進來？

東出看到了他寫的字。

密室的漏洞——

他覺得村瀨是故意寫給他看的。

組織犯罪對策課的人都心浮氣躁，湯淺課長不停地抖腳，組長小濱好像喝醉酒般雙眼發愣。氏家每隔幾秒，就偷瞥刑事部長尾關的臉。尾關抿著雙唇，像佛像般抱著雙臂，一動也不動。東出覺得屁股很痛。他無話可說，但又不能離席，這簡直就是折磨。

小濱打破沉重的寂靜。

「部長，真的差不多了吧？氏家剛才說得沒錯，這場會議根本只是在浪費時間。」

東出忍不住表示同意。

「我也這麼覺得，再這樣下去——」
「我剛才就說了，反正有的是時間。」
會議室內響起一個低沉的聲音。是村瀨。
東出還來不及開口，小濱就嘆著氣說：
「喂，村瀨！你惡搞也該有點分寸，我們可沒閒工夫陪你浪費時間，更何況就是因為你平時督導不周，所以代理組長才會犯錯！」
「你說得對！」
村瀨點著頭說。
「組、組長……」
東出瞪大眼睛，村瀨瞪了他一眼說：
「當然是你要負責，因為目前是你帶領三組。」
果然是這樣，村瀨的回歸，是為了把東出踢出「鳥巢」。
東出把身體轉向村瀨。
「我沒有做錯任何事。」
「既然這樣，為什麼會讓早野逃走？」
「因為……」

因為組織犯罪對策組——東出正想繼續說下去，被村瀨怒聲打斷。

「不要為失敗找藉口！既然由你帶領三組，就代表由你負責這起案子！既然你斷言自己沒有疏失，那就下令搜索大樓內所有住戶！」

東出立刻感到腦筋一片空白。

「搜索大樓內所有住戶……一百二十戶？」

「對，既然你沒有疏失，就代表早野還在那棟大樓內。你可以用代理組長的權限，聲請搜索所有住戶的搜索令！」

「等一下。」

尾關部長插了嘴。

「搜索未免太興師動眾，現在連警察上門查訪這種事都會引起民眾的反彈，一旦搜索所有住戶，一定會接到一大堆投訴，說我們侵犯隱私，蠻橫至極。」

村瀨仍然看著東出。

「你是偵查指揮官，趕快決定！」

東出不知所措。

搜索所有住戶——

萬一搜索了整棟大樓的所有住戶，仍然沒有找到早野誠一怎麼辦？不，不可能找到，因為早野去了高橋冴子家。明知道揮棒會落空，仍然打擾一百二十戶住戶的生活，到時候一定會引起軒然大波，搞不好媒體得知之後，會在報紙和電視上痛批一番，到時候自己就不是被趕出三組而已了，甚至會被踢出刑事部門。尾關部長和田畑課長臉上的表情，就明確說明了這件事。

但是……

自己並沒有疏失。剛才已經這麼說了，一旦收回這句話，就會永遠失去村瀨的信賴。對於在三組孵化，翅膀也漸漸長硬的東出來說，這是難以忍受，也無法接受的事。

他用指甲掐著自己的腿。

背後流下一行冷汗。

無論選擇哪一條路……

但是，與其在組織中走上死路……

東出開了口，他知道自己的嘴唇在發抖。

「我身為三組代理組長提出，接下來要搜索柊公寓的所有住戶——」

「不好意思！」

一句短促的話打斷了他的決斷。

氏家把手伸進懷裡起身，似乎是設定成靜音的手機在震動。他快步走向窗邊，接起電話，點著頭。

東出等待氏家回座。猶豫再次悄悄佔據了他的心。他詛咒氏家。為什麼偏偏在這種時候接電話？

「部長！」

氏家叫了一聲。他滿臉通紅。

「另一個女人打電話給我，說她看到了早野誠一！」

尾關部長和田畑課長同時起身。

「在哪裡看到？」

「在金井町！我去看一下！」

氏家跑向門口。

就在這個剎那，好幾個「為什麼？」的疑問都連在一起。

「等一下。」

東出叫住氏家。

「你又打算去打女人的臉嗎？」

所有人的視線都看向東出。不，只有村瀨不一樣。他閉著眼睛，抱著雙臂。

氏家蒼白的臉轉向東出問：

「你說什麼？」

東出伸出手。

「手機給我看一下。」

「什麼意思？」

「如果你剛才接到電話，應該會留下紀錄。讓我看一下。」

氏家握緊手機。

「我已經刪除了。」

「刪除？看起來不是這樣喔。」

「喂！」小濱大聲叫道，「怎麼回事？你給我說清楚！」

東出不理會小濱，注視著氏家。

一切都真相大白了。

在氏家拿著手機站起來的瞬間，自己就應該發現這件事。

早野誠一並沒有發現自己被監視，他不知道警察的手已經伸向他。他是在回到十二樓自己房間之後，才發現了這件事。

因為他的手機接到了警告的電話。如果只是普通的警告，早野應該不會採取行動。那是兩年前的案件，而且根本不知道確切的犯案日期和棄屍日期，他一定會覺得接受警方審訊也無妨，只要自己矢口否認就好。一旦逃走，反而會遭到懷疑，但是——

他接到的警告太真實了。

警方已經包圍大樓，明天早上，總部搜查一課就會以涉嫌殺人逮捕你。

因此，早野立刻逃走。

早野的房間在晚上十一點四十七分關了燈，他顯然就在關燈之前接到電話。

早野一定對著打電話給他的人大吼。

為什麼不早一點打電話給我？

沒錯，如果早野在回家之前接到電話，他就可以輕輕鬆鬆遠走高飛了。

打電話給他的人說：

當然是因為沒辦法更早打給你——

組織犯罪對策課的人是在晚上九點半之後，才知道早野是殺害三村多佳子的頭號嫌犯，東出在組織犯罪對策課的車上說了這件事，而且在車上和小濱針鋒相對，氣氛很緊張，車上的人根本無法下車。重案股東出的洞察力很可怕，氏家根本不敢說，他想去上廁所。

東出在十一點半時離開組織犯罪對策課的車子，加入A地點的監視。不一會兒，氏家就說要去上廁所或是去便利商店，下車，撥打了早野的手機。東出十一點半下車，在短短十七分鐘後，早野就離開家裡，可見氏家心急如焚地等東出趕快下車離開。

早野和氏家是同夥。一旦明白這件事，高橋冴子的供詞就沒有任何意義，氏家一定用違反風營法之類的理由威脅冴子，利用她聲東擊西。氏家試圖讓東出以為早野已經逃離大樓，解除對大樓的監視。

「開什麼玩笑！重案組在亂說！」

氏家大叫起來。

「我勸你別演了。」

石上說。他似乎洞悉了一切。

「你在生活安全課時代的不良傳聞也傳到了我的耳裡，你把警方要去口交酒吧臨檢的消息透露給早野，向他拿了零用錢？而且接手了早野玩過的女人？」

「石上，小心我打死你！」

氏家把手上的手機用力摔在地上，液晶螢幕碎裂，碎片四濺。

「你別想湮滅證據，電信公司都有紀錄。」

東出說完，瞥了村瀨一眼。

原來「密室」並不是那棟大樓。

「密室」是這個會議室。

並不是部長和課長召集的會議……沒有止境的會議……

村瀨把氏家關進了自己打造的「密室」，然後靜靜等待氏家「製造漏洞」。

氏家原本就急得像熱鍋上的螞蟻。早野躲在那棟大樓已經進入第二天，早野一定不耐煩地催他，趕快讓監視的警察撤離。

氏家焦急不已，但會議遲遲不結束，而且又不知道是誰召開這個會議。氏家變得疑神疑鬼。村瀨察覺他的態度，於是逼迫東出提出搜索大樓內的所有住戶。

『所以只要在密室製造漏洞就解決了。』

氏家中了村瀨的計。

一旦搜索所有住戶，就會把早野逼出來，但是，氏家認為根本不可能做這麼離譜的事，沒想到下一剎那，東出竟然準備進行搜索。氏家慌了神，於是緊急製造「漏洞」。他拿著根本沒有接到電話的手機，大喊著有女人看到早野。

會議室內一片寂靜。

尾關部長看了看搜查一課的田畑課長，又看看組織犯罪對策課湯淺課長的臉問：

「要由哪一課處理？」

「當然交給我們處理。」

湯淺嚴肅地回答。

氏家雙腿一軟，他抱著頭，額頭撞到了地上。

「可惡……可惡！」

東出起身。

他一把抓住氏家的頭髮，讓他抬起頭。

「快說，早野誠一躲在哪一戶？」

8

柊公寓「1103室」——住戶南美香子二十七歲，亞由美三歲。

東出率領的六名組員站在門前的走廊上。

東出看看手錶。晚上九點二十七分。距離執行任務還有三分鐘。縣警機動隊的六名特殊部隊員已經從樓上悄然無聲地降落在陽台上。

行動。

東出按下門鈴。

『請問是哪一位？』

對講機中傳來一個女人的聲音，聲音聽起來很緊張。

東出用開朗的聲音回答：

「我是管理工會的佐竹，想針對丟垃圾的問題做一份問卷調查。」

對講機的另一端陷入短暫的沉默。可能在徵求早野誠一的意見。

『好，我這就開門。』

門打開了一條縫，露出女人驚恐的臉。南美香子。她勉強擠出笑容的臉頰抽搐著。

東出深深鞠躬，把食指放在嘴唇上，然後讓她看了寫在厚紙板上的字。

『我們是警察，來營救妳們。』

美香子拚命搖頭。

「太太，不好意思，這麼晚上門打擾。因為很多人都不按規定丟垃圾。」

東出在說話的同時，出示了第二張紙。

『請拿下防盜鏈。』

美香子閉上眼睛，從門縫中伸手試圖趕人。

東出握住她的手。

「對，沒錯，請在這裡畫圈。」

東出又出示了第三張紙。

『男人在臥室嗎？』

美香子露出求助的眼神注視著東出。

『妳女兒也在臥室嗎？』

東出眨著眼，催促她回答。

美香子痛苦地點點頭。

石上在東出背後，小聲地對著無線對講機說話。在臥室，小女孩也在一起——

東出又重新出示了第二張紙。

『請把防盜鏈拿下來。』

美香子舉起顫抖的手。

「感謝妳的協助，我也認為蓋上防鳥網比較理想，那些烏鴉——」

東出慢慢放低說話的音量，緩緩推開門。美香子全身發抖，他抓著美香子的肩膀，把她推到一旁。

東出用腳抵住門，轉頭看向走廊。

眼神交會。

幾名刑警經過東出和美香子身旁，悄然無聲地走進房間。

拿著無線對講機的石上嘴唇輕輕一動。

突擊——

之後，房間深處就傳來打破玻璃的聲音。美香子尖叫起來，接著響起一個巨大的聲響，淹沒了這些聲音。閃光彈。那是只有聲音和煙霧的手榴彈。

前後只用了不到十秒鐘。

一個嘴裡流著鮮血的男人被四、五名壯漢壓制在臥室地上。

綁著麻花辮的小腦袋撲在一名隊員的壯碩胸前。美香子伸出雙手跑過去，把麻花辮小女孩抱到柔軟的胸前，上下搖晃著。

9

東出走出柊公寓。

三組的成員推著早野誠一，他低頭彎腰坐上車。

東出環顧周圍，並沒有看到村瀨的身影。

身後傳來腳步聲，轉頭一看，石上剛好走出玄關。

東出主動問他：

「晚餐呢？」

「在中央分局吃。」

那是早野今天晚上的拘留地點。

「喔。」東出應了一聲，石上一臉無趣地說：

「所以會吃紅苑的拉麵。」

東出把手伸進偵查車的車窗，拿起無線對講機的麥克風說：

「F61呼叫中央。」

『這裡是中央，請說。』

「請準備晚餐。兩碗紅苑的拉麵。」

『收到。』

「拜託了，F61報告完畢。」

東出放下麥克風，對著副駕駛座揚了揚下巴說：

「要不要我載你去分局？」

石上冷笑一聲，停頓後說：

「我一直以為早野是從側門逃走的。」

「什麼？」

「我才不願意聽從你的指示監視，所以幾乎沒有拿起望遠鏡。」

東出輕輕嘆氣，然後直視石上說：

「不必這麼生氣，反正從明天開始，我們又會成為金鵬兄弟。」

「什麼精刁兄弟？」

「你去問老金鵬。」

東出說完，把石上留在原地，自己上了車，踩下油門。

假面微笑

1

「結果，女人周圍的菫菜也都燒成一片通紅。雖然沒見過真正的地獄，但那應該也差不多了。不一會兒，女人就臉朝下倒在地上，轉眼之間就被燒成焦屍。我像一匹馬似的飛快地衝去派出所，忍不住大叫起來。可惡，太可惜了！」

矢代動舉起雙手，誇張地叫喊。

他們正在慶功宴角落的位置。前輩森是唯一的「觀眾」，而且臉和眼睛已發紅，醉得差不多了。

「森哥，你倒是捧場笑一下啊，這樣我很沒勁欸。」

矢代嘟著嘴說，森抓著平頭罵道：「你少廢話，有本事說點好笑的給我聽啊。」

「好啦、好啦。」矢代聽了，搖起扇子。用以前落語說書場宣傳時常用的粗獷寄席字體，寫了一個模仿落語大師名號的「重案亭一飯」幾個字在他的臉前搖晃。

「我心情太差了，就到此為止，我以後再也不說這個段子了。請我吃豬排飯也休想，天丼不可能，但鰻魚飯倒是可以有得商量。」

「你這個混蛋，少臭美了。」

森笑了起來。

「哈哈，你終於笑了。我表演不精，以後還請多指教。」

「哈囉，還真不是普通的不精。」

「你就多包涵，畢竟只是山寨落語嘛。」

森搖晃著身體，向後一仰，看向後方。矢代也跟著看向包廂深處，看到朽木組長用手撐著腦袋，躺在榻榻米上，閉著眼睛。

「你看，就連組長也沒有笑。」

「這就太強人所難了，即使柳家大師起死回生，他也不會笑。」

目前已經是晚上十點多了，郵局局長案的破案慶功宴進入高潮。

朽木帶著大家來到他熟悉的這家日本料理店，除了重案一組的十名成員，還有四名偵查庶務股的人，以及轄區警局的十幾名刑警參加，大家吃吃喝喝，唱歌歡笑，好不熱鬧。這種日子可以不拘虛禮，尾關刑事部長和搜一課的田畑課長只有在乾杯前後的幾分鐘坐在上座，之後就輪流來到下屬的座位前，為他們斟酒，慰勞他們辦案的辛苦。矢代剛才也接受了部長斟酒給他。「幹得好！原本以為你只是整天嘻皮笑臉的小滑頭，不愧是朽木賞識的人，下次也要多努力。」

勝者為王，敗者為寇。矢代深刻體會到，這就是這個世界的規則。他是榮耀的一組中最年輕的刑警，今年二十七歲。由於加入一組時日尚淺，這是他第一次破案，也是第一次參加破案的慶功宴，但其實在辦案過程中，他只是跟著田中主任查訪而已，只不過隨著幾杯黃湯下肚，有一種自己肩負F縣警刑事部的重責大任的感覺，讓他感到害怕。

有人的手機響了。

是田畑課長的手機響起鈴聲，但沒有人在意。可能因為包廂內太吵，聽不清楚，田畑走去走廊上，但很快回到包廂，和尾關部長咬耳朵。

尾關的四方臉稍微繃緊，環顧包廂內後大聲說：

「大家聽我說。」

有一半的人看向尾關，但朽木仍然閉著眼睛。

「聽說隔壁的V縣有人使用了氰仔。」

宴席的熱鬧氣氛頓時像濃霧散去般安靜下來。

「出人命了？」

森問道。他整個人已經清醒，簡直就像在變魔術。

「一名遊民死了，他的寶特瓶中被人加了氰仔。」

「確定是氰仔嗎？」

「V縣警這麼說。」

氰仔——就是氰化鉀。

F縣警的人對「氰仔」有這種過敏反應是有原因的。那是十三年前發生的事。有小偷闖入F縣南部一家化學藥品販售公司，偷走一瓶氰化鉀，總共有兩百五十公克，足以導致一千六百名成人死亡。在竊盜特搜股展開偵查之際，發生了一起案件。雖然不是原本擔心的無差別濫殺案件，但從另一個角度來看，這起案件的手法更卑劣陰險而悽慘。

一名戴著墨鏡的中年男子叫住了獨自在兒童公園沙坑內玩耍的八歲男童。

『弟弟，你爸爸的腳會臭嗎？』

男人捏著自己的鼻子問。男人說話的聲音很像電視卡通中的動物，男童忍不住被他吸引。

『嗯，爸爸的腳很臭。』

『嘴裡是不是還有酒臭味？』

『對啊，常常很臭。』

『既然這樣，那叔叔送你這種魔法藥。只要用了這個，就不會再有臭味了。』

男人交給男童一個裝軟片的小圓罐，罐底有白色粉末。

『你倒一點點白色粉末在爸爸的鞋子裡，剩下的偷偷倒進爸爸的酒杯就好。是不是很簡單？』

男人向男童說明了「消除臭味的方法」，最後摸著男童的頭說：

『如果被爸爸發現，就沒辦法消除臭味了，因為魔法會消失。』

那天晚上，男童就採取了行動。他首先把白色粉末倒在爸爸每天穿的皮鞋裡，男人告訴他，手不可以碰到白色粉末，因此他用手指輕輕敲小圓罐的底部，倒出一些粉末。

如果只是這樣，並不會造成嚴重的後果。氰化鉀只有在遇酸或遇熱產生化學反應，產生氰化氫氣體，才會變成劇毒。人體內只有在分泌胃酸的胃部和女性陰道黏膜會產生強烈的反應；若是把氰化鉀溶液注射到體內，會因為血液是弱鹼性，而無法發生化學反應，很難導致死亡。更何況如果只是倒在鞋子裡，腳底踩到氰化鉀的粉末，只會因為皮膚呼吸產生的二氧化碳產生微弱的反應，案件就會以未遂的方式落幕，但是——

那名男童忠實地執行了男人的計畫。他趁爸爸去廁所時，把白色粉末倒進爸爸喝燒酒的酒杯中。雖然那天晚上男童的媽媽也和爸爸一起喝酒，但當時剛好發現家裡養的貓不見了，於是去院子找貓。當媽媽嘆著氣回到家中時，看到男童一臉興奮，於是就問：「有什麼好事嗎？」下一刻，回到客廳的爸爸拿起酒杯喝酒。

幾分鐘後，一家團圓的客廳變成了地獄。

爸爸按著喉嚨痛苦得昏過去，媽媽的尖叫撕裂了空氣，男童放聲大哭起來。

救護人員趕到時，男童爸爸已經失去意識，瞳孔放大。男童哭著遞出的軟片罐底部，還有少許氰化鉀。醫療人員讓男童爸爸吸入亞硝酸異戊酯進行搶救，但仍然回天乏術，男童爸爸因為氰化鉀中毒而停止呼吸死亡。

只要把凶手送上法庭，法院絕對會認定是把小孩子當作「工具」的殺人罪間接正犯，但是，警方並沒有抓到凶手。當時的一組成為特別搜查總部的中心，一組的組長正是目前的刑事部長尾關。

尾關當初投入了大批偵查人員，調查男童爸爸是否和人結怨。三十五歲的男童爸爸——阿部研太郎以催收債務為業，樹敵無數，但以比例來說，因為阿部頻繁催討而惶惶不可終日的人並不多，反而有更多欠債不還，自鳴得意的無恥債務人。偵查走進了形同地下的濕地，不久之後，就陷入了及膝的泥沼中進退兩難。那個「灰色泥沼」中擠滿了為數龐大的關係人，分不清他們到底嫌疑重大還是清白無辜。

警方當然調查了阿部三十三歲的妻子光子。阿部投保了壽險，死亡時可以領取三千萬圓。阿部每次喝醉酒，脾氣就很壞，曾經對光子動粗。光子在附近的定食餐廳打工，是一個白白淨淨的美女，經常有男客人追求她。偵查人員當時研判，她可能和某個男人有染，決定殺害丈夫。如果她自己把氰化鉀放進丈夫的酒杯，會立刻被逮捕，於是就和男人共謀，把獨生子勇樹當成掩人耳目的「工具」。

但是，特搜總部並沒有發現光子有情夫。從勇樹口中打聽到男人特徵，男人身高在一百六十公分到一百七十公分之間，年紀大約四十到五十歲之間，一頭花白的頭髮向後梳。身材乾瘦，細長臉，鼻子堅挺，由於戴著墨鏡，所以看不清楚他的眼睛，但眉毛很濃。光子周圍並沒有符合這個特徵的人，而且在公開凶手的肖像畫之後，沒有接獲任何有力的線報。

特別搜查總部沒有排除怨恨或是為了保險金殺人以外的動機，例如為了引發民眾或社會恐慌，暗中觀察取樂的愉快犯所為的可能性。果真如此的話，很可能會出現下一起案件。雖然在殺害阿部時，使用了不少的氰化鉀，但凶手手上還有至少足以殺害一千人的分量。只不過後續並沒有再發生類似的案子，搜查總部漸漸排除了愉快犯的可能性。

距離時效消滅還有兩年。刑事部內將使用「氰仔」「間接殺人」簡稱為「氰殺」，有些刑警覺得這個簡稱很低俗，於是將這起案子改稱為「傀儡」，就是凶手操控男童犯罪的意思。總之，那是一起懸案，搜查總部早已解散，只有轄區的P分局還保留了只有幾名刑警參與的搜查小組。

矢代感到喘不過氣。

那起案件發生在矢代進入警界的八年前，他並沒有直接加入偵查工作，但是，每次聽到刑警同事重提往事時，說到「傀儡」、「工具」之類的字眼，矢代就感到戰慄。埋藏在內心深處的記憶就開始隱隱作痛、蠢蠢欲動、張牙舞爪，讓他坐立難安，很想大聲叫喊。

我要殺了你——

「田中——你帶矢代去鄰縣瞭解一下情況。」

朽木說。他仍然躺在榻榻米上。

聽朽木的語氣，似乎不認為這起案子和「傀儡」有關。身為重案股的刑警很清楚，經過十三年的時間，「再次犯案」的可能性極低。除非是在完全密封的狀態下保存，否則氰化鉀會因為空氣中的二氧化碳慢慢發生反應，三年之後，就會變成無毒的物質。

還是謹慎為妙。朽木一定這麼想。

但是，矢代的內心很不平靜，他覺得朽木是特地派自己去V縣瞭解情況。

田中站了起來。

「組長，要怎麼去？」

「搭計程車。」

田中點點頭，看著矢代說：

「喂，別傻笑了，走吧。」

田中戳了戳矢代的頭，走向走廊。矢代小跑著追上去，然後偷瞄了朽木一眼。

朽木以令人不寒而慄的陰鬱眼神看著矢代。

組長果然發現了。

組長果然發現矢代以前也曾經和阿部勇樹一樣，曾經在一起命案中被當成「工具」。

2

計程車在沒什麼路燈的幹線道路上疾馳。

從這裡去V縣，必須越過一座山。雖然距離不短，但因為很晚了，路上車不多，差不多一個半小時就可以到目的地。

「到了之後再叫我。」田中說完這句話沒幾分鐘就睡著了。這難道也是能幹刑警的本領之一嗎？田中是朽木組長的得力助手，在偵查各方面都很優秀，尤其是審訊的本領，被認為是全縣第一。

矢代隔著黑暗的車窗，怔怔地看著車窗外的點點燈光。車窗映照出他的臉。他看到自己臉上露出淡淡的笑容。

內心越緊張，臉上的肌肉就會越放鬆。如同朽木是基於某種理由面無笑容，矢代也有隨時露出笑容的原因。

那是小學一年級的暑假，矢代剛滿七歲。

他去學校游泳後要回家，穿越神社的停車場，想要走捷徑。當他經過據說樹齡超過幾百年的榆樹旁時大吃一驚。有個男人站在長了青苔的樹蔭下。這個戴著墨鏡、棒球帽，穿著白襯衫的男人剛才可能站在巨樹後方。

男人擋住了他的去路。矢代有點害怕，想要拔腿就跑。沒想到那個男人蹲下來，對他露齒一笑。

『弟弟，想請問你一件事，這一帶有寒蟬嗎？』

『沒有喔。』

矢代不加思索地回答。他知道神社內只有油蟬和斑透翅蟬。

『這樣啊，真是太可惜了，叔叔在蒐集蟬鳴聲。』

矢代不太記得聽到男人這麼說之後，自己是如何反應，八成就放鬆了警惕，也可能對男人手上拿的小型錄音機產生好奇。

他清楚記得男人接下來說的那句話。

『叔叔也在蒐集小男孩的聲音。』

男人伸出滿是手毛的粗壯手臂。他的手上拿了一張紙。那張紙差不多像學校的筆記本那麼大，上面寫了很多平假名。

『來，你唸看看。』

男人語氣開朗地說。

我、可以……矢代當時有點結巴。他記得當時很害羞。

『可以啊，從這裡開始。』

男人指著平假名說。

除了父親以外，矢代認識的成年男子不是周圍的鄰居叔叔，就是學校的老師，所以做夢也沒有想到眼前這個男人在逼他做壞事。

他在男人的要求下唸了那些平假名。

『明・天・之・前・準・備・好・兩・千・萬・圓』

他拚命看著眼前的平假名，腦袋一片空白。他那個年紀，才剛學會平假名。那個男人一定鎖定了小學一年級學生。為了交通安全，學校規定一年級的學生要戴黃色的帽子，他一定物色黃色帽子作為他的「說話工具」。

『好，再唸這張。』

男人又拿出另一張紙。

『放・在・黃・色・緞・帶・的・長・椅・上』

那個人要求他唸了十張左右的紙。他根本沒意識到錄音機正在錄音。

男人最後摸摸矢代的頭。

『謝謝你。十年後的今天，你來這裡，我會送你超驚人的禮物，在那天之前，你不可以把今天的事告訴任何人。』

矢代一口氣跑回家。

離開神社後，他內心的恐懼越來越少，他還記得當時受到稱讚的喜悅，內心也有和陌生的成年人說話的興奮，以及對約定的期待，更有秘密瞞著父母的愧疚和愉悅。這些情感都混雜在一起，他緊緊握著拳頭，連手都痛了。

然而隔天之後，他就不再走神社捷徑。雖然他很想去那裡，但還是克制住了。因為有某種不祥的預感在內心留下陰影。

中元節過後。他正坐在桌前寫暑假作業的圖文日記。聽到電視中傳來生硬的說話聲。

『明・天・之・前・準・備・好・兩・千・萬・圓』

返校日時，校長告訴他們，不久之前，離這裡很遠的地方發生綁架案。雖然他聽不太懂贖款的意思，只知道壞人殺了和自己同年紀的女孩，驚訝和恐懼帶著被挑動的興奮，隱藏在他的內心。

『放・在・黃・色・緞・帶・的・長・椅・上』

他不知道當時對現實瞭解幾分，也不記得當時是否認出自己的聲音。但是，他的臉一下子紅了起來，一直紅到耳朵和脖子。心跳加速，呼吸急促，就像剛跑完長跑。電視螢幕上出現了之前曾經看了多次的女孩照片。

遲早會被人發現。那天以來的二十年期間，矢代都活在恐懼中。

電視上播放的錄音帶，是F縣警向媒體公布的，希望民眾可以提供線索。凶手改變了錄下矢代聲音的錄音帶轉速，加工後才使用，就連矢代的父母也沒有發現那正是兒子的聲音。

但是，矢代還是被無形的恐懼吞噬、壓垮了。他整天提心吊膽，食不下嚥，最後連說話也有困難。他的母親擔心不已，帶著他四處求醫，得知他的身體沒有任何問題後，又帶著他去找市教育中心介紹的諮商心理師。

現在回想起來，當時被誤診了。諮商心理師過度解讀他的內心，他被貼上了好幾種心理疾病的標籤。測驗、觀察、心理療法。雖然他當時年紀很小，但知道自己失語的原因，不切實際的心理諮商只是讓他更加痛苦。

在這個過程中，他深刻感受到母親的苦惱。他很愛母親，看到母親悲傷，令他痛苦不已，所以他強顏歡笑，母親每次看到他的笑容都很高興，流著淚，緊緊擁抱他。七歲的矢代為了讓母親高興，學會了「假笑」。

但是，矢代也必須面對「恐嚇」。那就是和他只差一歲的妹妹光莉。矢代活了二十七年，從來沒見過像妹妹那麼壞心眼又貪婪的女人。

那是暑假快結束的時候。

『哥哥，電視上那個壞人的聲音就是你，對不對？』

他們兄妹關係原本就很差，兩個人經常相互發出怪叫聲，所以當時才六歲的光莉察覺了那個經過加工的聲音就是哥哥。

『妳不要說出去。』

矢代終於結結巴巴地說出這句話，拚命拜託妹妹。這是最大的錯誤。光莉發現自己掌握了哥哥的把柄。

那天之後，光莉得意忘形，開始放肆任性起來。經常偷他的點心，還把他心愛的卡片和貼紙都佔為己有，而且她得寸進尺，甚至要求矢代不可以接近媽媽，還要叫她「光莉公主」。

然後就到了那一天。

那一天很熱。矢代和光莉在院子裡的充氣游泳池內玩水。可樂也和他們一起玩。那是父母買給矢代的米格魯小狗，希望可以對心理療法有幫助。光莉一定很不高興，她突然提出要把可樂的名字改成「凱蒂」。

『你聽到了嗎？沒問題吧？』

她自以為是地用命令的口氣說。

矢代忍不住哭了起來。他很不甘心。可樂很可愛，而且很黏矢代。他罹患了失語症後，也是在叫可樂時，第一次發出聲音。

光莉在胸前拍著手，對著可樂叫：「凱蒂。」矢代忍不住叫了一聲「可樂！」，可樂立刻跑向矢代，跳到他的腿上，拚命搖尾巴。光莉的臉扭成一團，立刻轉身跑向屋內。

『媽媽！電視裡的壞人聲音──』

矢代全速衝過去，一把抓住在眼前搖晃的辮子，用力拉回來。「媽媽！媽媽！」光莉哭喊著，矢代把她推進游泳池。「媽媽！媽媽！」矢代按住她的脖子和腦袋，光莉沉入水中。這種人死了算了。這種傢伙──

「喔，還沒到嗎？」

旁邊出現了田中浮腫的臉。

矢代看著窗外。窗外一片漆黑。

山路的坡度似乎很陡，路面凹凸不平。輪胎駛過路面時顛簸不已，坐在車上時，身體跟著顛簸。田中應該因為這樣才會醒來。

矢代探出身體。

「司機先生，現在到哪裡了？」

「很快就到山頂了。」

司機懶洋洋地回答。他的言外之意，就是如果他們不是刑警，他才不會做這筆生意。

田中已經再度閉上眼睛。

矢代靠在椅背上，長長地吐了一口氣，看著自己的雙手。他張開十指，仔細打量著。

如果不是可樂吠叫，這雙手就會殺了妹妹——

那件事之後，光莉就不敢再囂張了。她看矢代時露出的害怕眼神，即使在結婚之後，成為兩個孩子母親，也仍然沒有改變。

矢代學會的「假笑」漸漸發展為開玩笑和搞笑。雖然當初是為了讓母親安心，讓母親高興，但他發現同學和老師都覺得他很好笑，就覺得更來勁了。扮演小丑完全不會感到痛苦，反而讓他感到自在。

他認為那是最理想的偽裝。他害怕以真面目示人，上了國中之後，他正確理解了自己在那起女童綁架命案中所發揮的作用。自己很倒楣。這也無可奈何。即使一次又一次這麼告訴自己，當時電視新聞中不停播放的「自己的聲音」仍然縈繞在耳朵深處。只有自己成為笑聲的中心時，那個聲音才會暫時消失。他很有趣。他很好笑。矢代上了高中之後，這成為他的形象設定。

高二那年夏天——矢代去了那個神社的停車場。十年的約定。他的口袋裡藏了一把雕刻刀，在那棵巨大的榆樹前等了那個男人一整天。

那個男人並沒有遵守約定。

矢代在回家的路上，從公用電話亭撥打了當時設置搜查總部的轄區警局電話。矢代多年前就記住了要求民眾提供線索的海報上所印的電話號碼，但那是他第一次撥打。他沒有報上姓名，然後用壓抑的聲音，向接電話的刑警說出「那一天」的事。他單方面說明了男人的特徵，不顧刑警的勸阻，掛上電話。

現在回想起來，當時接電話的刑警就是朽木組長。他在進入F縣警後不久就知道，朽木來一組之前，是那個轄區警局的刑事課長。

大學四年級的夏天，他決定要當警察。在女童綁架命案的時效消滅的那一天，矢代站在巨大的榆樹前哭泣。他為「那一天」至今為止漫長而又痛苦的十五年而流淚，為凶手沒有受到任何制裁，一直逍遙法外感到沒有天理而哭泣。要把所有壞人都一個不剩地送上死刑台。矢代決定當警察，為「那一天」復仇。

計程車行駛在和緩的下坡道上。路燈出現在前方。應該已經越過縣境了。

矢代閉上了眼睛。

第一次見到朽木的情景，令人難以忘懷。他成為巡查，開始在派出所執行勤務後不久，他的轄區就發生了老婦人遭到刺殺案件。發生這種狀況時，離命案現場最近的派出所，成為刑警的聯絡場所和休息站。朽木走進派出所，注視著為他倒茶的矢代說：

『根本沒任何好笑的事，你為什麼要笑？』

朽木一眼就識破了矢代的「假笑」。矢代覺得他很可怕，於是忍不住說：

『我想在你手下工作，我無論如何都想要當刑警。』

沒想到他的「越級要求」在兩年後就成真了。矢代被拔擢為轄區警局的刑警，兩年之後，成功地進入一組，這種驚人的拔擢讓所有刑警都說不出話。

因為朽木記住了自己的聲音。

矢代一直這麼認為。朽木的記憶深處，仍然記得矢代當年用公用電話打電話去轄區分局時的聲音，所以賞識了他的「假笑」。朽木認為他自從被當作案件的「工具」使用後，在內心醞釀出對犯罪深惡痛絕的漫長歲月，這和身為刑警的資歷同樣重要，才會拔擢他進入一組——

從來不笑的男人——朽木。

即使不必開口，他們某些部分也能夠心靈相通。

矢代從「那一天」之後，就沒有真正笑過。

3

計程車在市區迷了路。

車子在消防隊和養老院之間轉了好幾圈，才終於駛入V縣警東部分局。二樓的窗戶燈火通明，已經過十二點，星期六變成了星期天。

「真辛苦，兩天的週末都泡湯了。」

田中走上樓梯時說，但不知道他在說自己和矢代，還是說東部分局的刑警。

「由你來發問。」

「好喔。」

「好喔？」

「你的耳朵掉在山上了嗎？我明明只說『好』而已。」

「別油腔滑調，如果表現得腦袋空空，小心對方不把你放在眼裡。」

「遵命，長官。」

田中噗嗤一笑，補了一句：「去死啦！」

刑事課有很多人進進出出，兩個人走進課內，完全沒有引起別人的注意。

「接待我們的人是誰？」

「一位姓安川的股長。」

我們手上也有一起十三年前，使用了氰仔的懸案，所以想交換一下情報。出發來這裡之前，事先已經電話聯絡過。矢代問了站在通道上的一名年輕刑警安川的座位，年輕刑警對著後方的座位叫了一聲。一名看起來五十歲左右，感覺有點神經質的人起身，向他們點著頭。

安川請他們坐在屏風後方的沙發上。

「你們大老遠趕來，真是辛苦了。」

安川說話彬彬有禮。「F縣警重案一組」的威名，鄰近的縣警當然早有耳聞。

「不，路途並不遠，只是財力難負荷，計程車的計費表一路狂跳——」

田中輕輕踢他的鞋子。

「先不說這個，不好意思，在百忙之中打擾。如果不知道就算了，但既然得知發生了和氰仔有關的案子，當然不好意思去續攤。」

田中又踢了他一腳。

安川委婉地笑著。他似乎認為矢代的酒還沒醒。

矢代拿出了記事本。

「呃，可不可以先請教一下這起案件的大致狀況？」

「好。」

安川舔舔手指，翻開手邊的資料。

「案件發生在今天——已經過十二點了，所以是昨天上午十一點左右，地點是須田川的河岸。本縣在那一帶推動親水事業，接連建造兒童公園和足球場，在河岸散步道上，有三十個左右的遊民帳篷，被害人就是其中一名遊民。」

「原來是這樣……目前知道死亡的遊民身分了嗎？」

「完全不知道，看起來像五十多歲，但姓名和年紀都不詳，他也沒有和鄰居串門子。」

安川的雙眼笑了起來。他似乎覺得自己說話很有哏，十分得意。

「和鄰居串門子啊。」

矢代重複了安川的話表示讚賞，又繼續發問。

「那就是說，死者沒有前科。」

「對，他的十根手指都和指紋系統進行了比對，都沒有相符的資料。」

「沒有相符……」

矢代在記事本上做著筆記，繼續發問。

「現場的狀況如何？」

安川低頭看著手邊的資料。

「聽住在他旁邊的男人說，被害人每天早上八點左右起床，拎著兩個九百公升的寶特瓶，去兒童公園的水龍頭裝水，用來刷牙和飲用。其中一個寶特瓶內有明顯的氰化鉀反應，這意味著，是在早上八點到十一點的三個小時內被下毒。」

矢代歪著頭納悶。

「也可能是半夜下毒，把粉末放進空寶特瓶內。」

「不，聽住在他旁邊的男人說，被害人很愛乾淨，或者說有潔癖。」

他的眼睛又笑了起來。

「每天早上都會仔細清洗寶特瓶。」

「不繳稅金，卻大用特用公共資源的水嗎？」

田中又踹了他一腳。

「對啊，聽說連瓶蓋背面都會洗得乾乾淨淨，因此排除了深夜被人下毒的可能性。」

「犯案時間是上午八點到十一點期間……但是，如果被害人在自己的帳篷內，凶手不是無法把氰仔放進瓶子嗎？」

「啊，不好意思，我忘了說。被害人裝了水之後，刷完牙，就馬上出去了。十一點之前回來，喝了寶特瓶中的水，然後慘叫著從帳篷內爬出來。」

「原來是這樣，我完全瞭解了——呃，可不可以看一下被害人的照片？」

「喔，好，請稍等一下。」

安川起身。

田中目送安川離開後，語氣粗暴地說：

「不要一直扯東扯西，在適當的時機問出有用的線索。」

「好喔。」

田中咂嘴的同時，安川走了回來。

他裝模作樣地把照片排放在桌子上。除了死者的臉部特寫，還有兩張全身照。死者的身材肥胖，圓臉，鼻子也很圓，如果說他以前是關取等級的相撲選手，大家應該都會相信。至於明顯的特徵——就是臉頰上的傷痕；鼻翼往右耳的方向有一道五公分左右的傷痕，雖然是舊傷，但很明顯。

「這是什麼傷？」

「鑑識人員說，應該是短刀的傷口。」

「這樣啊，但指紋比對沒有結果，不是幫派分子，又沒有前科，所以說，他只是惹了不該惹的人嗎？」

矢代感到鞋側又被鞋尖踢了一下。

矢代轉動脖子後問：

「安川股長——有沒有打聽到目擊消息之類的？」

矢代問及偵查內容，安川立刻眉頭深鎖。

「嗯，呃……有幾個……」

矢代從桌上探出身體。

「請告訴我們，既然我們是近鄰兼同僚，當然要相互合作。」

「那當然。」

「那給我們看一下凶手的肖像畫。」

矢代亂槍打鳥，但令人驚訝的是，安川又站了起來。

「但是，並不是當天目擊的線索，而是一個星期之前。」

「沒問題，請給我們看一下。」

「這當然沒問題……」

安川似乎欲言又止。

「怎麼了？」

「關於十三年前，在你們那裡發生的那起案件，我們找不到當時你們給我們的肖像畫。」

「你可以拿去影印。」

矢代很乾脆地說，從皮包裡拿出「傀儡」案凶手的肖像畫。他猜到可能會發生這種情況，因此離開F縣時，特地去總部拿了這幅肖像畫。

「啊呀，真是幫了大忙。」

安川拿著肖像畫，邁著輕盈的步伐走去屏風外。

「還要問什麼問題？」

矢代小聲問田中。

「你問最近這裡有沒有發生氰仔被偷的事。」

「啊？如果曾經發生氰仔被偷的事，應該瞞不住吧。否則事後一旦曝光，會被媒體修理得很慘。」

「你問就是了。」

「好喔。」

腳步聲漸漸靠近，明顯是跑了過來。

安川出現時，臉白得像白紙。他不發一語，把兩張肖像畫排放在桌子上。

「這、這……」

矢代說不出話。

十三年前，由F縣警製作的肖像畫，和V縣警昨天完成的肖像畫——

竟然很像。

一頭向後梳的頭髮，細長臉，濃眉，鼻子堅挺，就連墨鏡也很像。

唯一的不同，就是新肖像畫中的人年紀比較大，臉上皺紋增加了，原本的花白頭髮變成了全白，下巴留著山羊鬍。

可以斷定，「傀儡」的凶手經過十三年的歲月，就會變成這張新肖像畫中的臉。

殺害討債人和殺害遊民。兩起案件是同一名凶手所為。果真如此的話，討債人和遊民之間有什麼關係嗎？還是兩個人之間毫無關係，都只是成為同一名愉快犯的犧牲品。

「這個男人是在哪裡被人看到？」

矢代終於正式提出第一個問題。

「就在命案現場的河岸，一名推著嬰兒車的家庭主婦看到的。那名家庭主婦說，男人看向遊民的帳篷，雖然手上拿著拐杖，但看起來並沒有很老。」

「一個星期前……」

「對，可以認為凶手去勘查場地。」

「但是——」

田中插嘴說：

「雖然使用和十三年前相同的氰仔的可能性並不是零，但應該認為凶手從哪裡重新弄來了氰仔。安川股長，V縣這幾年，有沒有接獲氰仔遭竊的報案？」

「沒有。」安川語氣堅定地否認，「但如果是最近的話，O縣內曾經發生過。三個月前，一家電鍍工廠遭竊，我記得被偷了一百公克左右。」

矢代和田中同時點頭。

他們也對這件事記憶猶新。如果要粗略描述這三個縣的大致位置關係，就是V縣和O縣剛好位在F縣的兩側。O縣遭竊的氰化鉀用在V縣，也不會讓人有「太遠」的感覺，反而是「傀儡」一案，之前在F縣偷走氰化鉀，又直接在F縣犯案的情況比較罕見。

「不好意思，佔用了你很多時間。」

田中起身，矢代也跟著起身。

「呃，那個——」

安川還沒說完，田中就打斷了他。

「請放心，F縣警一組絕對不會搶其他縣的案子。」

4

星期一。上午九點——

包括今天的國定假日在內，目前正是三天連假期間。

矢代心情憂鬱地握著方向盤。

讓阿部勇樹看一下這張遊民命案的凶手肖像畫——

這是朽木組長的命令。

矢代覺得即使給阿部勇樹看了，也無法解決任何問題，而且他也害怕見到勇樹。他們兩個人都曾經成為「工具」，參與了命案，到底該怎樣面對勇樹，又到底該聊什麼？

矢代去了勇樹家中，但勇樹不在家。他的母親光子接待了矢代。光子今年應該四十六歲，但看起來比實際年齡更加蒼老。這也難怪，因為十三年前，她的兒子殺了她的丈夫。

矢代開車前往萩川的河岸。光子告訴他，勇樹在那裡。

那個孩子不好好工作，整天沉迷於演戲——

矢代完全能夠理解。他覺得能夠從勇樹「表演」的行為中，瞭解勇樹在案件發生之後這十三年來的生活。

他離開停車場，聽到了河邊傳來的聲音。

「a・e・i・u・e・o・a・o——ka・ke ki・ku・ke・ko・ka・ko——sa・se・shi・su・se・so・sa・so——」

十名左右的年輕男女排成一行，正在用五十音進行發聲練習。矢代觀察了一陣子，等他們練習告一段落時，才開口問：

「請問阿部在嗎？」

「你是？」

一個細長臉的男人轉頭問。

矢代頓時陷入一種錯覺，以為看到了鏡子中的自己。案件發生時，阿部勇樹才八歲，所以今年二十一歲，但他的「微笑假面」簡直到了爐火純青的境界。

矢代請他一起坐在長椅上。

「原來你是刑警，完全看不出來。」

「是嗎？那我看起來像什麼？」

「嗯，像保姆，背著嬰兒到處跑。」

「雖不中，亦不遠。我的前輩森根本就是嬰兒。」

勇樹很愛笑。

「我們等一下要去那裡的公立安養院表演。」

「原來如此，所以你們在練習發聲。」

「你要不要來看我們的表演？」

「去各地的安養院表演嗎？我以前也常去。」

「咦？所以你也……」

「不，我是表演落語。我在讀書時，是落語研究社的經理。」

「落語研究社的經理？哈哈哈，矢代先生，你果然與眾不同。」

「你也不遑多讓啊，你們會去各地表演嗎？」

「對，這半年期間，都在縣內和鄰近縣市巡迴。」

「表演什麼劇目？」

「現代版的吸血鬼德古拉。」

「你們嚇死幾個人？」

「哈哈哈！別擔心，吸血鬼是長生不老的故事，那些老人家都看得津津有味。」

「希望他們看得見。」

「哈哈哈！你說話太毒了！矢代先生，你真的是警察嗎？」
「要不要給你看我身上一大片櫻花的刺青？」
「不是遠山金四郎才會刺那種圖案嗎？」
「那要不要我假扮錢形平次投硬幣？我可是百發百中。」
勇樹拍著大腿笑了起來。矢代從懷裡拿出折了兩次的紙。
「你可以看一下這個嗎？」
矢代打開了那張肖像畫。那是V縣警製作的最新版本。
「咦……」
勇樹把語尾拉得很長。他收起了臉上的笑容，但眼眸中仍然有淡淡的笑意。
「怎麼樣？」
「沒想到那傢伙還活著。」
他說話的聲音完全感受不到情緒激動。完美的假面具——
「你果然這麼認為嗎？」
「是啊。他又幹了什麼事？」
「這是秘密。不好意思。」
矢代俐落地折起肖像畫後起身。

「那你就盡情地去吸那些老人家的新鮮血液吧。」

「矢代先生，你的形象設定太強烈了，我看你還是別當刑警了，不然就要改變自己的形象設定。」

矢代笑著點點頭。

如果是這樣，那就只能不幹刑警了。事到如今，如果要改變形象設定，人格會崩潰。

你也一樣吧？

矢代把這個問題放進心裡，邁開步伐，背後傳來開朗的聲音。

「啊，對了對了，請你代我向朽木先生問好。」

矢代緩緩轉過頭。

「你說誰？」

「你不認識嗎？就是搜查一課的朽木先生啊。他有一種刑警中的刑警的感覺，偶爾會來看我。」

5

矢代回程時開車格外謹慎。

他知道全身的血液都集中在腦部。

朽木組長曾經去找阿部勇樹，而且還不止一次……

按照常理來說，朽木去找勇樹的目的，是為了蒐集有關阿部研太郎命案的消息，但案發至今已經過了十三年，到底能夠從勇樹口中打聽到什麼消息？

是為了慰問嗎？他覺得勇樹被當成「工具」，然後不小心殺了父親，因此心生同情，所以不時去探望他。是這樣嗎？

矢代完全無法理解。雖然朽木並不是薄情寡義的人，但顯然和那種富有同情心的刑警有明顯不同，更何況「傀儡」並不是朽木的案子，難以想像他會對勇樹有什麼特殊的感情。

他的行為，應該是身為F縣警刑事部支柱的一組組長所採取的行動，然後朽木要求矢代讓勇樹看遊民命案的凶手肖像畫。

有一種不妙的想法浮上心頭。

朽木懷疑勇樹——

懷疑他什麼？

懷疑他是遊民命案的凶手？

不可能。兩天前才發生遊民命案，朽木很久之前，就不時去找勇樹。

很久之前……

所以，是勇樹父親的命案？

沒錯，勇樹的確殺害了他的父親，但是，他只是被當作「工具」利用了，這件事不容懷疑。

不……

朽木可能懷疑這件事。難道朽木認為阿部勇樹可能是依自己的意願，殺害了父親研太郎嗎？果真如此的話，那不是白費力氣嗎？就算真的是勇樹殺了人，八歲的孩子並沒有刑責。

矢代大吃一驚，踩了煞車。原本想小心開車，沒想到差一點闖紅燈。

矢代吐出一口氣，但腦海又立刻被命案的事佔據了。

如果朽木真的懷疑勇樹……

朽木很可能會做這種事。明知道在法律上根本沒有意義，仍然會為了查明真相持續偵查。朽木的確有這種熱情和頑固，但是——

八歲的男童怎麼可能計畫殺害父親？首先，他不可能弄到氰化鉀，也不可能偷偷溜進離家很遠的化學藥品公司，更何況很難想像勇樹具備氰化鉀有毒性的知識。既然這樣，就不可能是小孩子單獨犯案，一定還有年長的凶手。如果不是那個年長的凶手把氰化鉀交給勇樹，就不可能發生那起命案。

另一個想法又浮現在腦海。

從屬共犯……

凶手把白色粉末交給勇樹時，告訴他那是「毒藥」。勇樹知道，然後讓研太郎喝下。

因為他憎恨父親……有可能。矢代怔怔地這麼想。

果真如此的話，勇樹可能知道凶手是誰，因此朽木才會盯上勇樹，為了循線找到「傀儡」的真凶——

不，等一下。

那肖像畫的事又該如何解釋？

勇樹知道凶手的真實身分，但他隱瞞不說，試圖包庇凶手。假設如此，勇樹當時告訴警方的凶手長相就是胡說八道。但是，這次遊民命案中，有人看到了同一個男人，只是男人變老了。由此可見，那個男人的確存在。既然這樣，是否意味著勇樹是實話實說？從屬共犯的假設，只是朽木的幻想嗎？

矢代踩了油門，後方傳來一陣喇叭聲。

他加速後，和後方車輛拉開距離，試圖重新整理沒有得出結論的思緒。就在這時，矢代瞪大了眼睛。

因為他在對向車道的車上看到了認識的人。

那是重案二組的人馬。阿久津坐在駕駛座上，楠見組長坐在副駕駛座上。車子在路口中央打了右轉的方向燈。阿部勇樹的家就在右轉後那條路的前方。

二組也鎖定了勇樹嗎？

矢代一片混亂，繼續駕駛。車子經過路口時，他看向後視鏡，發現二組的車子轉了彎。他們果然要去勇樹家嗎？

他將視線移回前方，立刻看到一個小小的影子穿越車子前方。他用力踩下煞車，輪胎發出刺耳的聲音。

車子停下後，矢代戰戰兢兢地看向車子前方。

一隻灰色的貓在馬路正中央，全身的毛都豎了起來。

彷彿有電流之類的貫穿他的大腦。

不知道為什麼，矢代的視線無法從灰貓帶著憤怒和恐懼的眼眸上移開。

6

五天後——

這裡是F縣警總部大樓地下一樓，矢代走過商店旁，在走廊盡頭右轉，然後繼續往前走。

這四天期間，在朽木組長的同意下，他獨自展開偵查。他對目前的偵查情況很有自信，認為該知道的事都知道了，該掌握的事也掌握了。

他看到了前方的偵訊室。

二組的楠見組長正沿著走廊迎面走來，當他們擦身而過時，楠見在他的耳邊小聲說：

「如果你無力招架，就交給我們處理吧。」

楠見的聲音冰冷，沒有起伏。

矢代站在三號偵訊室前，隔壁二號偵訊室的門無聲地打開，朽木探出頭。

朽木向他使了一個眼色。開始吧——

門扉再度關上。

矢代用力深呼吸。他呼吸困難，心跳加速。他再次深深吸了一口氣，然後又吸了一口氣。

好。

矢代推開了三號偵訊室的門。他的臉上露出了笑容，但並不是硬擠出來的笑容。

「讓你久等了。」

一張微笑的臉龐轉了過來。阿部勇樹的假面具很完美。

「矢代先生，你好過分。你說要帶我參觀縣警總部，所以我就跟你來了，結果你把我關在這種地方。」

「不好意思，不好意思。」

矢代抓著頭，在勇樹對面的鐵管椅上坐下。

面對面時，果然有一種看著鏡子的感覺。映照出彼此笑容的鏡子——

「這可是貴賓才有的待遇。大部分嫌犯都只能在轄區警局的偵訊室接受偵訊。」

「啊，原來我是嫌犯！」

勇樹發出驚叫聲，但表情沒有任何變化，整張臉均勻地佈滿笑。

「你不用緊張，就當作是玩遊戲。」

「遊戲？」

「對，誰沉默超過十秒就輸了的遊戲。」
「聽起來好像很難，如果輸了，會有懲罰嗎？」
「有安慰獎，可以搭高級車去V縣。那就開始吧。」
偵訊室內只有他們兩個人，沒有安排協助審訊的人員，也沒有錄音。正式的審訊將交由設立了搜查總部的V縣警進行。
矢代在桌子上握著雙手。
「首先想聊聊V縣發生的遊民命案，你知道內容嗎？」
「我在電視上看過這個新聞，所以知道一些。聽說是被氰化鉀毒死的。」
「既然你已經知道，那聊起來就簡單了。嗯——是你殺了他，對嗎？」
「哈哈哈！」
勇樹仰頭大笑起來。
「嗯？很奇怪嗎？」
「因為，哈哈哈，矢代先生，你也太突然了。」
「不好意思，不好意思，那我再問一次——是你殺了他。我說對了嗎？」
「錯了。」
笑容和笑容激烈碰撞。

「因為命案不是發生在星期六嗎？」

「對，星期六上午。」

「那太可惜了，我沒辦法成為凶手。因為那時候，我正在O縣的棺材裡。」

「棺材？」

「對，因為我是主角。」

「原來是這樣……啊，對了對了，既然你提到了O縣，你三個月前，也曾經去過那裡吧？也是為了演吸血鬼德古拉。」

「對，我去過啊。我們在O縣算是小有名氣，很多地方都會邀請我們去演出。」

勇樹興高采烈地說，看起來很得意。

矢代頻頻點頭後說：

「也就是說，你那次去表演時，趁著深夜，潛入電鍍工廠，偷了氰化鉀。」

勇樹彎下身體

「我說矢代先生，你說這些話有證據嗎？」

「怎麼可能有證據？所以才在問你啊。」

「哈哈哈哈！太絕了，所以我才這麼喜歡你。」

他像傻瓜一樣笑個不停。

「笑完了嗎?我要問下一題了。」

「啊,等一下,我也想請教你一個問題。」

「什麼問題?」

「V縣那個被毒死的人叫什麼名字?」

「是不知身分的無名氏。」

勇樹噗嗤一笑。

「既然這樣,我根本無法回答啊。通常不可能殺害不認識的人吧。」

「通常是這樣,但是,就算不知道名字,也可能認識對方。比方說,廣告中的那個女生,或是經常和北野武在一起的諧星。」

「或是足球乙級聯賽的選手嗎?」

「這可能不知道對方長什麼樣子。」

「比方說街角便利商店的店長?」

「沒錯沒錯,就是這個意思。我想你應該知道無名氏長什麼樣子——你要不要看一下他的照片?」

「你有他的照片?」

「嗯,你等我一下。」

矢代從上衣的外側口袋拿出死者臉部特寫的照片。

勇樹的眼神充滿好奇。

「怎麼樣？」

「既不是諧星，也不是便利商店的店長。」

「你沒有看過這個人嗎？」

「完全沒見過。」

從勇樹臉上，感受不到絲毫的慌亂。

矢代靠在椅背上。

「這個人的長相很有特徵，身材肥胖，而且臉頰上的傷痕也很明顯。」

「但是我沒見過這個人，對不起。」

「哈哈哈，你不需要道歉。」

矢代收起照片。

「那我再繼續問其他問題。在案發一個星期前左右，你曾經去過V縣的須田川河岸吧？」

「喔喔，又展開了『是不是你』的攻擊！呃，你剛才說什麼？」

「我問你，是不是在河岸上喬裝成肖像畫上的男人？」

「喬裝？」

「你是未來的演員，這種事對你來說，根本是易如反掌。你也是細長臉，首先化上老妝，然後在肖像畫的尖下巴裝上山羊鬍偽裝，就搞定了。」

「雖然我有辦法做到，但我為什麼要做這種事？」

「那還用說嗎？當然是偽裝成十三年前的凶手。」

「我嗎？」

「對。」

「我為什麼要做這種事？」

「這是因為你在十三年前，讓警方畫出了假的凶手肖像畫。」

「好過分喔，我明明是協助警方辦案。」

勇樹露出無奈的表情。

「交給你氰化鉀的男人，並不是肖像畫的那個人吧？」

「是嗎？」

「你這樣反問我，我很傷腦筋。」

「我也很傷腦筋啊。那交給我氰化鉀的男人是怎樣的人？你知道是誰嗎？」

勇樹試探著問。

「嗯，大致知道。」
「真不夠意思，既然知道，就告訴我啊。」
「我說了也沒用，該由你說啊。」
「你先說，我也會說。」
「那好吧，我就先說，你也要說喔。」
「我會說，我會說，所以你趕快說。」
「就是那個無名氏。」
「什麼！所以這次的被害人，就是十三年前的凶手嗎？」
勇樹一臉驚嘆。果然是出色的演員。
「嗯，雖然是這樣，但是看到你這麼驚訝，我高興不起來。」
「不，真的太有意思了，下次舞台劇，可以考慮採用這個劇情。」
「我沒說錯吧？」
「什麼？」
「我們剛才已經約定了，所以你要實話實說，是不是無名氏拿了氰化鉀給你？」
「完全不是同一個人，就像我告訴畫肖像畫的女警那樣，和肖像畫上的人長得一模一樣。」

勇樹恢復剛才的笑容。

「但是，你說的故事超有趣，我想聽後續的內容。」

他再度試探著。

「什麼後續內容？」

「無名氏就是當年拿氰化鉀給我的凶手，十三年後，我又殺了無名氏，是不是這樣？」

「對。」

「那我和無名氏是什麼時候、在哪裡重逢？」

「喔，這件事我知道。在去O縣的不久之前，你不是也在V縣演過吸血鬼嗎？我問了團員，你們也像上次一樣，在河岸練習發聲。」

「嗯，是啊。」

「你們練習的時候，住在遊民帳篷裡的無名氏剛好經過。因為你長大了，對方當然沒有發現你，但你一眼就認出了他。因為他的身材和臉頰上的傷痕很明顯。」

勇樹眨了幾次眼睛。

「原來如此，聽起來很完美，只不過我完全沒有頭緒。果真如此的話——」

「這是事實吧？」

「我已經說了不是事實。假設無名氏就是十三年前的凶手，我為什麼要殺他？」

矢代覺得他招了。

「不是有合情合理的理由嗎？」

「啊？」

「就是為你父親報仇。」

「喔、喔喔，這樣啊，有道理。」

他似乎完全沒有想過這個理由。

矢代的身體微微向前挪。

「但是，事實並不是這樣，因為他是你心愛的媽媽的仇敵，所以你才殺了他。對不對？」

勇樹的眼神微微晃動。

「什麼意思？矢代先生，可不可以請你用我聽得懂的方式說明白？」

「十三年前的某一天，無名氏在兒童公園內，把氰化鉀交給你。他說那是神奇的藥粉，可以消除腳臭和酒臭，但是，無名氏並不是要你針對爸爸，而是要你消除媽媽的酒臭味。」

「咦！」

「聽說你媽媽也會喝酒。」

「對，偶爾會喝。」

「無名氏對你說，只要女人稍微有腳臭或是酒臭，就會讓人很不舒服。所以——」

「無名氏想要殺我媽媽。」

「答對了。無名氏迷上了你媽媽，但是被你媽媽拒絕了，於是他就懷恨在心。」

「這件事是真的嗎？」

「你媽媽以前打工的那家定食餐廳，目前仍然在做生意，你知道嗎？」

「不知道。」

「我讓老闆娘看了無名氏的照片，她果然還記得。因為無名氏的傷痕和身材令人印象深刻。你媽媽很漂亮，有很多人追求她，無名氏也很積極，聽說當時很認真地追求你媽媽。」

「這樣啊……」

「當時的偵查主要都是針對你爸爸是否和別人結怨，以及你媽媽是否和壞男人聯手為了保險金殺人，完全沒有人想到犯案動機是有人怨恨你媽媽。因為你擅自改變了無名氏的計畫，殺害了你爸爸。」

勇樹的身體再次向後仰。

「等、等、等一下，矢代先生，我為什麼要殺我爸爸？」
「和你殺害無名氏的理由相同。因為是你媽媽的敵人，你決定殺了他。聽說你爸爸喝醉酒的時候會打你媽媽。」
「對，是啊……」
「獨佔嗎？」
「爸爸是媽媽的敵人，你殺了他，就可以獨佔你媽媽了。」
「對，我也是和我媽相依為命，大致能夠明白這種感覺。」
勇樹翻出下唇，扮著鬼臉。
「你今天都沒有說笑話。」
「因為現在是上班時間。」
「我承認。」
「真的嗎？」
「不是承認我殺人，而是我很討厭我爸爸。」
「嗯。」
「但是你說的情況，根本自相矛盾。」
「哪裡有矛盾？」

「我並不知道他給我的粉末有毒。如果我相信那種粉末可以消除腳臭和酒臭，不是會按照無名氏所說的，把粉末加入媽媽喝的飲料中嗎？」

「那隻貓怎麼了？」

「啊？」

「你爸爸死去的那天傍晚，家裡的貓不見了，你媽媽不是在找貓嗎？」

「喔，對啊對啊，的確有這件事。」

「昨天我問了你媽媽，那天之後，就沒有再找到那隻貓。」

「是啊。」

「你殺了那隻貓吧？」

「什麼？」

「啊，對不起，對不起，那是意外。」

「我完全聽不懂你在說什麼。」

「我來仔細說明一下。你之前就很討厭貓砂盆，你拿到可以除臭的神奇藥粉，當然會想要試試看。於是，在放進你媽媽的鞋子和飲料之前，你想要試一下。貓的廁所是不是在主屋和倉庫的縫隙之間？你把粉末撒在貓砂上，之後，貓去上廁所。人和動物為了維持身體的弱鹹性，會排出酸，尿液會有弱酸性，於是貓尿在粉末上，就產生了氰化氫。人類只要吸入兩口氰化氫就會致命，貓更加不用說了。於是你就發現，裝在軟片盒裡的白色粉末有劇毒。」

「……」

「然後，你改變了無名氏的計畫，決定用來殺你爸爸。」

「……」

「不說話就輸了。」

「啊？」

「遊戲啊，遊戲。」

「喔，對喔……那我就說了，我當時才八歲，根本還不可能有殺人的念頭。」

「有喔。」

「什麼？」

「會有殺人的念頭。」

矢代低頭看著自己的手掌。他的手中仍然可以感受到那天抓著辮子的感覺。

「矢代先生，你說的故事未免太牽強了，而且八歲時犯的罪，不是不會有刑責嗎？」

「二十一歲就必須負起刑責。」

「我沒有殺人，更何況也沒有動機。」

「不是有嗎？無名氏試圖殺你媽媽。」

「不能因為這樣，就說是我殺的。而且我剛才不是說了嗎？案發當天是星期六，我那天上午在O縣表演吸血鬼，從O縣到V縣要三個小時，根本沒辦法去殺人，這不是完美的不在場證明嗎？」

「並不是。」

「為什麼？」

「你很清楚輕鬆製造不在場證明的方法。」

「啊？」

「你殺了你爸爸無所謂，因為他本來就是壞蛋，無名氏也不是善類，他想要殺你媽媽，所以是自作自受。但是——」

矢代雙手拍著桌子起身。

「你這個王八蛋！為什麼要把孩子當成殺人工具！」

勇樹瞪大了眼睛。

「快說！你是在哪裡找到孩子的？是在河岸的兒童公園嗎？你把氰仔交給小孩子時，同時給了他點心嗎？還是錢？你當時是怎樣的心情？你回答啊！你利用孩子殺人，現在是怎樣的心情？你這個壞蛋！你這種人就該和你老爸和無名氏一起下地獄！」

矢代在寂靜中聽到了聲音。

那是映照出他們笑容之鏡粉碎的聲音。

眼前的勇樹臉上，已經完全沒有一絲笑容。

他根本沒有悲傷，也沒有痛苦，他根本就沒有戴上微笑的假面具。這個人從頭到尾，一直都在真實的臉上，展現真實的笑容。

他和自己根本不一樣——

矢代坐下。

「對不起，嚇到你了嗎？哈哈哈，我一直很想試試這一招。」

「……」

勇樹的眼中充滿了恐懼。

「嗯？你不說話嗎？那我要開始倒數計時嘍。」

「……」

「十、九、八、七。」

「……」

「喂，沒問題嗎？你要輸了喔——六、五、四。」

「……」

「三、二、一。」

矢代露出滿面笑容說：

「你輸了，那就去領安慰獎，帶你去兜風。」

黑白翻轉

1

十月一日，全縣都在下雨。

前一天，各地都是萬里無雲的晴朗好天氣，氣溫也超過三十度。F縣警總部大樓隔了五天，終於再次開了冷氣，但只開了一天，半夜開始下的秋雨，徹底洗去了今年夏天酷熱的記憶。

總部五樓，刑事部搜查第一課的辦公室內，只有課長座位周圍一片忙碌。重案股的三個小組都外出辦案，其中兩組才剛離開，搜查一課田畑課長的視網膜上仍然留著他們充滿殺氣的樣子。雨水讓窗外天色昏暗。在傍晚五點時，接到了發生命案的消息。

一家三口被殺——

田畑看著用潦草的字跡寫的資料，小跑著前往樓層深處的刑事部長室。

「打擾了。」

田畑沒等刑事部長的應答，就走進部長室。尾關部長也迫不及待地從辦公桌前起身，走去了沙發。

面色凝重的兩個人面對面坐下，尾關先開口。

「驗屍官和機動鑑識人員已經抵達現場了嗎？」

「應該很快就到了。」

「那你先說一下目前已經掌握的情況。」

「是。」

田畑低頭看著手上的資料。

「命案現場是W市深見町的民宅，一對夫妻和他們的兒子在屋內遭到殺害。」

尾關伸手把資料拉到自己面前。

死者——弓岡雄三（三十六歲）

妻　洋子（三十二歲）

長子　悟（五歲）

「深見町……雖說在W市，但仍有點偏僻。」

「是的，在合併之前是深見村，目前那一帶是以前的村落和新興住宅並存的區域。」

尾關抬眼看著田畑問：

「弓岡的職業是什麼？」

「不太清楚，他對外宣稱從事拆除業，但整天都泡在麻將館裡。」

「他是本地人嗎？」

「不，他的原籍在O縣，他們住的房子原本是洋子的娘家，所以弓岡很可能是入贅，目前還在確認這件事。」

尾關用鼻子輕輕吐氣，表達了內心的憤慨。

「發現時的狀況呢？」

「深見駐在所的南巡查長在巡邏時發現了屍體。他昨天傍晚去過一次，今天中午過後也叫了門，但都沒有人回答。他在四點半左右又去看了一次，發現玄關的門沒有鎖，於是打開門一看——就發現了異狀。」

「也就是說，轄區分局認為凶手是昨天殺人。」

田畑點點頭。

「弓岡家的信箱很大，起初沒有發現異狀。轄區分局調查之後，才發現今天的早報還在信箱內。」

所以命案是在早報投遞時間之前發生的。

「駐在所的員警昨天去的時候是幾點？」

「他說是下午四點左右。」

「那時候，他們三個人已經死了。可以把時間範圍縮小到這個程度嗎？」

「應該是這樣，南巡查長說，弓岡家兩輛車子都停在家裡，覺得很奇怪。」

「信箱內沒有昨天的晚報嗎？」

「弓岡家並沒有訂晚報。」

尾關在資料的空白處記錄後看著田畑。

「驗屍官抵達後，應該可以進一步縮小範圍，今天有辦法解剖嗎？」

「不行，大山教授已經回家了，明天上午才能解剖。」

尾關咂著嘴。

「所以已經確定是刺殺嗎？」

「對，確定凶器了。就是被害人家中廚房內的菜刀，丟在裝了水的浴缸內。」

「浴缸內？」

「凶手在犯案之後，似乎去浴室清洗濺到身上的血跡，應該是當時把菜刀丟進了浴缸。」

「凶器是在現場取得的……可以認為是臨時起意殺人。」

田畑默默點點頭。

尾關翻著資料，皺起眉頭。

「關於行凶的狀況……你寫的字和畫的圖怎麼還是這麼慘不忍睹，根本看不懂。」

「對不起——凶手應該先殺了弓岡雄三。弓岡趴倒在廚房桌子旁的地上斷氣，原本應該和凶手在餐桌前說話，然後起了爭執，凶手立刻走去後方的流理台拿了菜刀。雖然還必須等驗屍的結果才能確定，但弓岡的腹部和背部中了數刀。」

「弓岡死了之後，他的老婆和兒子剛好回家嗎？」

「目前推測是這樣。弓岡的太太洋子在廚房和走廊的交界處，背對著廚房縮起身子，倒在那裡。可能回家後，一走進廚房，就看到了凶手，還有丈夫的屍體。雖然慌忙想逃走，但被凶手刺中了後背，她想保護兒子。她把兒子緊緊抱在懷裡，但凶手從正面把刀子刺向兒子的肚子。」

尾關重重嘆息。

「因為看到凶手了嗎？」

「應該是。」

「連五歲的孩子都……」

「是啊。」

尾關用好像在拿什麼髒東西的動作，把資料還給了田畑。

「重案股三組已經出動了嗎？」

「一組也出動了。」

尾關驚訝地問：

「為什麼？」

「我希望第一波偵查工作很徹底。」

田畑說了事先想好的理由。他能夠理解尾關產生的疑問。重案股向來都遵守輪流辦案的原則，按照案件發生的先後順序，依次分配給一組、二組和三組。目前，楠見帶領的二組正在偵辦一起E市獨居老人命案，這起「全家命案」由三組負責，一組原本應該在課內待命，為隨時可能發生的下一起案件做好準備——

田畑加強語氣說：

「一家三口被滅門，這事不容輕忽，而且轄區的W警局是不到四十人的小型分局，有偵查經驗的人並不多，能夠協助三組辦案的人很有限。」

「即使這樣……」尾關還是無法接受，「你不認為這樣的判斷缺乏理性嗎？總部變成了空城，萬一又發生其他案件該怎麼辦？」

田畑並沒有退縮。

「我已經告訴朽木，如果有其他案件發生，就立刻收隊。」

「這並不是我要表達的重點。」

尾關注視著田畑的眼睛。這是他說真心話時的表情。

「你應該比別人更清楚，關鍵在於雙方配合的問題。一組和三組根本是水火不容，他們是死對頭，他們在一起，絕對會勾心鬥角。」

「我安排他們負責不同的工作，三組是調查主力，清查人際關係；支援的一組負責在周圍查訪。」

「你認為事情有辦法像你想的那麼圓滿嗎？」

尾關眼角向上勾起。

「他們可是朽木和村瀨，怎麼可能乖乖回答『好，我知道了』，然後只做好自己的分內事？」

「這個問題我已經考慮過了。他們一旦競爭，就會激發潛力。一加一可以等於三或四。」

尾關抱著雙臂，癱坐在沙發上。

「一加一可能小於二，甚至會有小於一的危險。」

「我認為應該賭他們會成為三或四。明年就要上小學的孩子在毫無抵抗下，就這樣被殺害。我們必須盡最大的努力投入偵查工作，當然不能讓F縣警內最厲害、最能幹的一組袖手旁觀。」

田畑說出了真心話。

2

雨刷帶著老化橡膠，吃力地刮掉黏在擋風玻璃上的雨滴。厚實的雨雲後方，太陽就快下山了。重案組的車輛打開遠光燈，閃著紅色警示燈，發出刺耳的鳴笛聲，沿著縣道一路往東疾馳。

「給我閃開！」

田中握著方向盤，準備超越前面那輛小型巴士。車內的警用無線電傳出了「一家三口命案」相關的通話內容，幾乎像叫喊的對話聲音刺激著田中握著方向盤一路狂飆。

朽木抱著雙臂，坐在副駕駛座上，瞪著前方的水氣。車子駛入了商店街。

「田中——開慢點。」

「但是，組長，萬一被三組的人搶先了。」

「命案現場不會逃走。」

朽木說話時，看向道路左側的樹籬。

二十三年前的景象清楚地浮現在他眼前。穿藍色褲子的幼童……趴在柏油路面上滿是鮮血的身體……母親的慘叫……那天和葬禮的日子都淅淅瀝瀝下著雨。白色的棺材小得就像玩具箱。

田中知道組長內心在想什麼，因此他閉口不語，但踩油門的腳並沒有放鬆。這麼重大的案件，他無法放慢速度。離W市的命案現場只剩下不到一公里了。

朽木把手伸進懷裡。他的手機在響。

『組長，不好了！』

是森打來的電話。他們在總部大樓的地下停車場一起坐上車，但森和矢代駕駛的那輛重案股的車子迅速衝出去，輪胎發出了刺耳的聲音，車尾燈很快就從朽木的視野消失了。

「有事慢慢說，發生什麼狀況了？」

『我們剛才抵達了現場，被三組捷足先登，佔領現場。村瀨組長已經帶了幾個人進入了弓岡家中——對不起。』

「鄰居家呢？」

『左右兩戶也都被他們搶走了。』

「那就趕快找到對面和後方的鄰居，還有駐在所的員警。」

『是！』

朽木掛上電話後，田中瞄了他一眼問：

「森他們被捷足先登了嗎？」
「是啊。」
「笨蛋……」
田中生氣地說，用力捶著方向盤。他雙眼通紅，失去了身為刑警的冷靜。
「這下子被三組搶走了主導權。」
既然已經進入被害人住家，就代表已經掌握了被害人的手機和筆記類的證物。目前這個年代，從手機查到凶手的機率相當高。
「他們高興就好。」
朽木看著前方說。
「但是——」
「只要一組參與，就是一組的案子，不是嗎？」
田中挺直身體回答：
「是。」
「既然這樣，就不必著急，好好看著前方開車。」
「好。」
田中點點頭，但是趁朽木不備，又悄悄踩了油門。

3

屋內即使開了燈，仍然很昏暗。

村瀨正在弓岡家的走廊上，他在離母子屍體三公尺的地方，聽著驗屍官戶澤的說明。

「三個人幾乎在同一時間內遇害，可能在弓岡雄三遇害後，他的太太和兒子就回家了。三個人直腸內的溫度都和氣溫相同，屍體僵硬的情況也開始消失。角膜極度混濁，完全不能透視瞳孔。皮膚乾燥的程度也相當嚴重，而且——」

「他們什麼時候被殺的？」

村瀨一副不想細聽的樣子，催促他趕快說結論。

「死亡至今，應該已經有整整一天到一天半的時間。」

村瀨停下了正在做筆記的手，低頭看著手錶。

「目前是一日傍晚六點，那就是昨天三十日傍晚六點之前遭到殺害，對嗎？」

「沒錯。」

「屍體僵硬的情況不是因人而異嗎？」

村瀨質疑的語氣，讓戶澤有點生氣。
「有三具屍體，可以計算出平均值。」
「角膜極度混濁，通常不是屍體死亡超過兩天才會出現的現象嗎？」
「你自己看——」
戶澤指著母子的屍體說：
「他們不是都睜著眼睛嗎？所以會加速混濁。」
村瀨默默點點頭，內心給擔任驗屍官才不久的戶澤及格的分數。
但是，偵查和科學研究並不是同一件事。
「死亡時間是一天到一天半，最早可能是昨天上午六點，這對偵查沒有幫助，可不可以再縮小範圍？」
「那、那倒是。」
戶澤連續眨了好幾次眼睛。他似乎努力維持身為警視的面子。
「雖然沒辦法說得很精準——」
「請你說得精準一點。」
「嗯，根據屍斑的情況和其他各方面進行綜合判斷，我認為死亡時間大約是二十四到二十九個小時。」

村瀨誇張地點點頭。

推算的死亡時間在昨天下午一點到六點之間——駐在所的南巡查長在下午四點上門巡邏時，沒有人應答，可以再減少兩個小時，縮短到下午一點到四點之間的三個小時之間，因此是在午餐之後遇害。明天進行司法解剖，查出胃內食物的消化狀態，就可以更精準地推算出死亡時間。

村瀨抬起頭問：

「死因是失血過多嗎？」

「夫妻兩人是，但小孩子是遇刺時驚嚇而死。」

「弓岡是否曾經抵抗？」

「雙臂內側有十五處防衛時的刺傷痕跡，可能是凶手揮動菜刀時，他站在凶手正對面，或是癱軟在地上。有五個刺殺的傷口，背後有一個，正面刺向腹部和胸部各有兩個。」

「他太太應該有很多人追求。」

戶澤聽到村瀨突如其來的話，嚇到翻白眼。他察覺村瀨的視線，慌忙轉頭看向母子的屍體。

「喔，喔喔，是啊，連遺容都很漂亮，生前應該是個美女。」

戶澤勉強擠出這句話。他還不是很習慣面對屍體。

村瀨微微點頭打招呼後，轉身離開了。

「石上！」

村瀨吼了一聲，起居室傳來回應的聲音，石上面無表情，出現在走廊上。

「有什麼事？」

「電話查得怎麼樣了？」

「還沒有接到吉池的聯絡。」

剛才派年輕的刑警吉池去了電話公司，調查市話的通話紀錄。弓岡夫婦都沒有使用手機，必須趕快確認市話的通話資料。

村瀨小心翼翼地在房子內走動察看，以免破壞現場鑑識。所有的房間都沒有遭人翻動的痕跡，廚房到浴室有「沾血的腳印」，但凶手可能試圖擦掉腳印，用抹布之類的東西擦拭過了，看不出腳印的大小和形狀。

「指紋呢？」

他攔下剛好經過的機動鑑識組的人員問。

「目前採集到多枚指紋，但不知道其中是否有凶手的指紋。」

「浴缸裡的菜刀呢？」

「沒有採集到指紋。」
「流理台和桌子呢？」
「似乎擦掉了，甚至沒有弓岡的指紋。」
「徹底檢查鏡子周圍，盥洗室、化妝台，還有玄關牆上的鏡子。凶手逃走時，一定確認過臉上和衣服上是否沾到血跡。」
雖然村瀨這麼說，但他對指紋幾乎沒有任何期待。
他走向玄關，來到院子。屋簷下堆著不計其數的球根。他剛才來的時候，就已經看到了。
東出正在院子中央看鑑識作業，發現村瀨後走了過來。雨滴在他的帽簷上跳動。
「這是鬱金香的球根。」
「一看就知道了。」
村瀨冷冷地說。他覺得東出說這種根本稱不上是線索的線索，有一種討好的感覺。
村瀨的視線從球根上移開。路旁用紅磚圍起的花圃很大，但就像收成後的農田般一片黑乎乎的，既沒有種花，也沒有任何葉子。目前正是種鬱金香的季節，也許他們打算在花圃內種滿鬱金香。
東出又用迎合的語氣說：

「聽說附近鄰居都知道他們家很愛種鬱金香，後院也種了許多，但馬路旁的這個花圃，全都種白色鬱金香，很多新搬來的住戶都稱這棟房子是『白房子』。」

村瀨冷笑一聲說：

「八成是洋子太太的興趣。」

「好像是。」

村瀨不理會東出的回答，看著地面。

「這場雨把腳印都沖掉了。」

「是啊，完全找不到一個完整的腳印。」

「有沒有向鄰居打聽情況？有沒有人在昨天下午聽到吵鬧的聲音？」

「左右兩側的鄰居昨天剛好都不在家。」

村瀨看向對面那戶人家。四公尺左右的馬路對面，圍籬旁是一間庫房，後方是一棟兩層樓的主屋。

「對面呢？」

村瀨問，東出緊張起來。

「怎麼了？快說。」

「那個……一組的人搶先了。」

村瀨瞪大眼睛。

「混蛋！所以早就叫你們要小心，千萬不能大意，也不能鬆懈。一組的那些人就像是白蟻，只要有一隻白蟻入侵，案子就會被他們獨吞。」

村瀨煩躁地走回屋內。

東出跟在他身後。正在起居室內的石上看到東出滿臉通紅，嘴角露出了笑容，但隨即恢復了嚴肅，目光追隨村瀨的身影。東出也一樣。原本在屋內各處的三組成員都陸續聚集過來。

大家都在等組長的「第一句話」，等待他親眼觀察現場後的第一印象。

村瀨注視著抱著五歲的兒子倒在地上的洋子屍體片刻。

然後，幽幽地開了口。

「雖然從結果來看，根本是殘酷無情的畜生犯行，但凶手沒有明顯的凶殘氣息。」

4

有證人目擊了車輛逃逸時的狀況。

朽木一走進弓岡家對面的那棟房子，等待多時的森就立刻在他耳邊說悄悄話，告訴他這戶人家的長子安田明久是目擊證人。

「他在家嗎？」

「對，正在庫房的暗房內。」

森語帶興奮地說完，帶著朽木走去庫房。建在圍籬旁的庫房是正在讀攝影專科學校的安田所使用的「暗房」。

打開門，黑色布簾後方傳來了笑聲。矢代正用他拿手的土冷笑話拉攏安田。朽木掀開布簾，一個娃娃臉的年輕人和矢代一起轉頭看過來。室內很狹小，只有差不多一坪多大，放著放大機、裝了顯影液和定影液的盤子。沿著牆邊拉起的鐵線上掛著可以稱為「街頭小品」的黑白照和底片。雖然室內沒有冷氣，但在牆角的地上，放著之前曾經風靡一時的直立型冷風機，難怪並不覺得熱。

「你說明一下當時的情況。」

安田聽到朽木這麼說，露出了「又要說嗎？」的表情。他旁邊的矢代立刻做出拜託的動作說：「最後一次。」

「好好好，我知道了。」

安田苦笑著說。矢代立刻起身，把椅子讓給朽木。

「呃，昨天下午差不多兩點多的時候，我在這裡洗照片，聽到了像是女人的尖叫聲。」

聽到了尖叫聲？

「於是我就慌忙從小洞向外張望，結果——」

朽木伸手制止了他。

「等一下，哪裡有小洞？」

這裡作為暗房使用，所有窗戶都用黑色模造紙遮住光線。除此以外，完全看不到任何能夠看到戶外的「洞」。

「又要表演一次嗎？」

安田不耐煩地站起來，走了幾步來到牆邊，彎下腰，拿起了塑膠管。那條塑膠管從洗照片的水箱通往牆壁下方。

「這是排水時使用的管子。」

安田在說話時，拔出水管。只聽到「噗」的一聲，水管拔了出來，在離地面三十公分高度的位置，出現了直徑三公分左右的「洞」。

安田雙手放在地上，歪著脖子，扭著身體，用一隻眼睛窺視著那個小洞。

「當時就是這樣看的。」

「你看到了什麼？」

「什麼都沒看到，只看到一片白色。」

「怎麼回事？」

「因為有一輛白色車子剛好停在小洞正前方。」

朽木點點頭。那輛車停在安田家圍籬前。朽木剛才看到了金屬格子圍籬，覺得沒有什麼遮蔽作用。

「車子什麼時候停在那裡？既然你在這裡，應該會聽到聲音吧？」

「對，我記得曾經聽到聲音，但時間就……我剛才告訴矢代先生了，差不多是我聽到尖叫聲的三十分鐘前。」

安田很沒自信地說。

朽木再次點點頭。

「言歸正傳。你從小洞看出去，只看到一片白色，之後呢？」

「我豎起耳朵聽了一陣子，之後就沒有再聽到聲音，我以為自己聽錯了。我就開始洗照片，差不多十分鐘到十五分鐘後，聽到了腳步聲。腳步聲衝向這裡。啪答啪答啪答！所以我又打算看看是什麼狀況。我正在拔水管時，聽到關車門的聲音，然後引擎發動。我從小洞看出去的同時，車子就開走了，原本是一片白色的視野一下子開闊起來。」

「你看到了什麼？」

「看到了馬路，和弓岡家的院子和玄關，和平時一樣。」

「有沒有和平時不一樣的地方？」

安田嘟著嘴。

「如果有什麼不一樣的地方，我昨天就會告訴駐在所的員警。完全沒有異狀，也很安靜，我還有點失望，繼續低頭洗照片。」

朽木感到怒火攻心。

聽到了女人的尖叫，又看到車子倉皇逃逸，明明有兩件匪夷所思的事，他竟然沒有衝出暗房。

「你還真是處變不驚啊。」

「因為——」

安田露出求助的眼神看向身旁，矢代嘿嘿笑著，試圖安撫他。

「因為沒有人想到會發生這種事吧？又不是電影、電視劇。」

朽木沒有點頭，繼續問他：

「你剛才說，是兩點多時聽到尖叫嗎？」

安田用力瞪著朽木，嘆口氣，不悅地說：

「雖然這麼說，但我完全沒有自信。」

「為什麼？」

安田又看向矢代。

「這是在審訊我嗎？我可是好心撥出時間協助你們。」

「回答我的問題。」

朽木厲聲說道，就連矢代都收起了笑容。

安田身體抖了一下，連說話的聲音也變尖了。

「啊，不是啦，我快一點的時候走進暗房，洗了一陣子照片後似乎聽到了聲音，所以我猜想可能是兩點多，搞不好快三點了。我五點多才走出暗房，所以不太清楚時間。」

「你沒有看時鐘嗎？」

安田露出膽怯的眼神看向桌子。雖然桌上有鐘，乍看之下是鬧鐘，但其實是用來計算顯影時間所使用的計時馬錶，上面並沒有顯示時間。

「你只聽到一次關車門的聲音嗎？」

「對，應該只有一個人跑過來。」

「鞋子的聲音聽起來像皮鞋嗎？」

「啊，你這麼問……聽起來好像是皮鞋，但也可能是拖鞋。」

「你還記得車子的聲音嗎？」

「咦？車子的聲音會不一樣嗎？」

朽木輕輕點點頭說：「不同車子的引擎不一樣。」

「我在這方面是外行，完全一竅不通。我是學攝影的，對車子很不熟。」

「車門的聲音呢？聽起來很重，還是很輕呢？」

「饒了我吧，我對這種事沒有興趣，更何況是突然聽到。」

朽木緩緩起身，走到牆邊，和安田剛才一樣，彎腰從那個小洞向外張望。

從小洞看出去的感覺就像是從圓筒中向外看。天已經黑了，雨也擋住了視野，只能隱約看到弓岡家玄關的燈，燈下有兩個人影。那個身材壯碩的人應該是村瀨。

朽木直起身體，看著安田說：

「明天要做實驗，希望你也在場。」

「實驗？」

朽木懶得說明，轉頭看向森。由於室內空間太小，所以森撐著雨傘，站在敞開的門外。

「駐在所的員警由誰負責？」

「殿村。」

「我現在過去那裡。田中呢？」

「正在附近查訪。」

朽木轉頭對矢代說：

「你跟我來。」

朽木走出暗房，在森身旁停下腳步，把腦袋伸進雨傘中小聲說：

「好好收拾這個攝影小鬼，他沒有不在場證明。」

「明白。」

朽木在雨中跑向車子，矢代追上去，打開了副駕駛座的車門，送朽木上車。

5

去電話公司調查的吉池，剛剛回到了命案現場弓岡家。

「組長——」

「等一下。」

村瀨正看向窗外，看到朽木和矢代坐上重案股的車子離去後嘀咕：

「他們要去駐在所……」

「組長，可以了嗎？」

吉池臉色不太好。

「可以了，情況怎麼樣？」

「市話在這三天只用了兩次。」

村瀨的小眼睛露出了好奇的眼神。

「喔？是打出去，還是別人打進來？」

「兩通都是打出去，分別在前天晚上八點十三分和十九分。」

「只間隔六分鐘嗎？該不會都是打給同一個人？」

「不，是打給不同的人，那兩個人都住在深見町內——」
吉池在說話的同時，翻開了記事本。村瀨大剌剌地探頭看著上面的內容。
三丁目二之十八。久米島良夫。三十二歲。
一丁目五之十二。持田榮治。三十二歲。

「這兩個人年紀一樣。」
村瀨說完，笑了起來。
「遇害的弓岡洋子也是三十二歲，喂喂喂，這三個人該不會是老同學？」
「應該是，三谷目前正在確認這件事。」
「知道久米島和持田的職業嗎？」
「是，已經查到了。」
吉池慌忙翻著記事本。
「呃，久米島是中學老師，持田是高空作業的建築工人。」
「他們結婚了嗎？」
「兩個人都結婚了。」

村瀨摸著皮帶扣，一副摩拳擦掌的樣子。

「我去看看他們長什麼樣。」

「現在嗎？三谷不是還在查訪嗎？」

村瀨收起笑容。

「你還搞不清楚狀況？這起案子的關鍵是時間，只要耽誤一秒，就會被一組搶走。」

6

紅色的圓燈在煙雨中有點朦朧。深見駐在場離命案現場只有三分鐘的車程。

「辛苦了！」

一頭白髮的南巡查長立正迎接了朽木和矢代，他的太太也一起，身上繫了一條大圍裙，可能在後方住家下廚為他們準備食物。

朽木慰問他們後，請他們去後方休息，然後在駐在所的辦公桌前坐下，找來了先到一步的殿村。殿村是有十年刑警經驗的實力派刑警，剛才已經指示他要向南巡查長瞭解駐在員警才能掌握的情況。

「有沒有打聽到什麼有用的線索？」

「有，有幾條線索。」

殿村拉了旁邊的圓椅坐下。

「首先是被害人弓岡。聽說他在十年前，在老家O縣借錢不還，結果被抓了。」

「聽說？」

朽木露出銳利的眼神問，殿村立刻解釋說：

「田中主任正在進一步查證這件事。」

「除此以外呢？」

「聽南巡查長說，在這裡也曾經因為偷竊被送到警局。」

「他偷了什麼？」

「一個麵包，後來就微釋了。」

由於是微罪，沒有立案，所以分局局長用自己的權限加以釋放。

「看來是個痞子。」

「是啊，雖然他哥哥邀他一起做拆除房屋的工作，只不過他幾乎不幫忙，整天打麻將，還自認是職業麻將選手，但輸多贏少，到處借錢，在外面欠了一屁股債。他太太洋子在花店打工，不過杯水車薪，然後他也逼洋子去向人借錢。」

朽木看著殿村問：

「向地下錢莊借嗎？」

「不，是向朋友和熟人借錢。弓岡知道一旦向地下錢莊借錢，之後的日子就難過了，但如果是老婆的朋友，就可以賴帳不還。」

朽木忍不住咂著嘴。

這種人歪腦筋動得特別快，根本是典型的軟飯男。

「他老婆竟然沒有和他離婚。」
「弓岡長得人模人樣，而且聽說他的嘴很甜。」
「他老婆的風評呢？」
「南巡查長說，洋子很漂亮，而且不會因為有幾分姿色就驕傲自大，對她風評很不錯，雖然鄰居都皺眉頭，搞不懂她為什麼會喜歡上那種男人，但男女感情的事，只有當事人才知道。」
朽木點點頭。
「還有其他狀況嗎？」
「差不多就這樣——啊！」
殿村輕輕拍了拍大腿。
「有一件匪夷所思的事，就是時空膠囊被挖出來的事。我正在問這件事的時候，你們就來了。」
「請他過來。」
殿村轉頭向後方叫了一聲。
南巡查長跑出來，他身上也繫著圍裙，可能在幫忙下廚。
「請問有什麼事？」

南渾身透著緊張，表情也是如此。

「你坐下吧，時空膠囊是怎麼回事？」

南在圓椅上坐下，吞著口水。

「深見小學——位在這裡往西三百公尺的地方，埋在那個小學校園角落的時空膠囊，不知道被誰挖了出來。」

「被人偷走了？」

朽木注視著南問道，南又咕嚕吞著口水。

「對，只有膠囊本體被留下來，裡面的東西不見了。雖然又埋了回去，但那裡的泥土比較鬆，然後又下雨，結果有小朋友被絆倒——」

「什麼時候？」

「啊？」

「是什麼時候被挖走的？」

南聳聳肩膀。

「這、這就不知道了，但學校的老師是在今天中午過後發現，所有老師都說，昨天之前還沒有。」

朽木抱著雙臂。

很可能是在命案發生之後被挖走的。
「當初埋下時空膠囊時，是怎麼約定的？」
「喔，當初約定在二十年後打開，原本要等到明年春天才會開封。」
朽木注視著半空。
「弓岡洋子是深見小學畢業的吧？」
「對。」
殿村插嘴說：
「二十年前，她是六年級學生，這的確很令人在意。」
朽木點點頭，看著南。
「膠囊裡裝了什麼？」
「作文集。當時一年級到六年級所有學生的作文，那時候老師要求他們寫了『我的夢想』、『給二十年後的我』之類的作文。」
朽木想了幾秒後問：
「洋子有向老同學借錢嗎？」
「幾乎都是向同學借錢。」
「其中有男人嗎？」

「她都是向男同學借，一定是弓岡要求她這麼做。她以前是學校裡的校花，弓岡一定覺得男同學會願意借給她。」

南說話時有點激動。

朽木的腦海中浮現出一個躲進被子，瑟瑟發抖的膽小男人。殺了洋子一家的凶手把時光膠囊挖了出來。這種可能性很高。當刑警多年，曾經多次見過那種因為害怕被逮捕、坐牢，為了湮滅微不足道的痕跡而貿然行動，結果自掘墳墓的人。

半個月前，在M看守所執行死刑的殺人凶手就是最好的例子。他和外遇對象約會時，女人因為心臟麻痺死在他車上，於是他在女人身上綁了重物，從懸崖把女人的屍體丟進大海。雖然屍體並沒有被人發現，但男人連續三天三夜都無法入睡。因為他想起以前曾經交給女人一張便條紙，上面寫了幽會的飯店名字，他滿腦子都想著那張紙。兩天後，男人深夜潛入女人的老家，結果被女人的家人發現，他竟然只為了一張便條紙，殺光了女人的父母和姊姊夫婦一家四口。

時光膠囊的作文上，寫了對洋子淡淡的情愫。不，可能癩蛤蟆想吃天鵝肉，說以後要娶洋子當自己的老婆。其實無論作文寫什麼都沒有關係，但是凶手一旦覺得可怕，就會變成一種恐懼，無法容忍可能會導致自己出事的「疏失」。

凶手應該像狗一樣不停地挖洞，完全不知道在自掘墳墓。

「誰借給洋子的錢最多？」

朽木停頓片刻後問，南仍然繃緊神經，但下一剎那，立刻像洩了氣的皮球。

「不，這我就……對不起。」

「你不必道歉，這是我們的工作。」

朽木轉頭看向矢代，矢代笑嘻嘻地看著朽木。

「你去找洋子小學時代的名冊和相簿。」

矢代很有精神地回答了一聲，只是聽不清楚是「好」還是「嘿」，就衝進了雨中。

朽木轉頭看向南。

「你管轄的區域有幾戶人家？」

「一百一十八戶。」

「你記得每戶人家的車款和顏色嗎？」

南挺起胸膛，似乎想要挽回名譽。

「當然！每一輛車我都很清楚。」

7

傍晚六點已過。

村瀨坐的車子從深見町三丁目前往一丁目。在中學當老師的久米島今天和明天去G縣參加教職員排球比賽。

「三谷——把車子停在那裡。」

村瀨原本看著放在腿上的住宅區地圖，抬頭說道。

他下車之後，確認了門牌。

『持田』。就是這戶人家。

圍牆外停了一輛年代老舊的白色Skyline。他按了門鈴，不一會兒，一個嬌小的女人打開了玄關的門。女人看起來很不好惹，她應該就是持田榮治的老婆。

「妳先生在家嗎？」

「你是哪一位？」

「喔，我是警察，正在為那起命案向這一帶所有住戶問話。」

杇木刻意強調了「所有住戶」這幾個字。

朽木等了一會兒，一個頭髮染成銀色的尖嘴猴腮男人皺著眉頭走出來。他似乎在晚餐時喝酒，臉頰有點紅。

「請問是持田榮治先生嗎？」

「是啊。」

持田仍然一臉詫異。

「你應該聽說了弓岡家的案子。」

「對啊，真是大吃一驚，做夢都沒想到會有這種事。」

村瀨假裝看看一眼記事本上的內容。

「對了對了，聽說你和遇害的洋子是同學？」

「對啊，有什麼問題嗎？」

持田不悅地反問。

「前天晚上，洋子曾經打電話給你吧？」

村瀨裝傻地問，持田頓時臉色大變。村瀨和三谷趁他不備，立刻收起雨傘，擠進了門內。

持田一臉膽怯，輪流看著他們兩個人後問：

「久米島告訴你們的嗎？」

村瀨用下巴指向走廊說：
「我們想去你家裡聊。」
持田轉頭看向走廊，轉過頭時，十分慌張。
「家裡很亂。」
「我不在意這種事。」
「我不想被我老婆聽到。」
持田皺起眉頭，小聲地說。
村瀨在內心偷笑。
「為什麼？」
持田的眼神飄忽。
「就是那個啊……該怎麼說，就是利息什麼的。」
村瀨歪著頭問：
「我聽不懂，利息是什麼？」
「你們應該已經聽說了，我借錢給洋子，我老婆不知道，所以……」
村瀨在內心捧腹大笑。
「喔喔，錢的事是有聽說。」

「你們不要誤會，洋子的老公遊手好閒，沒有賺錢養家，洋子就求我借錢給她，我只好借給她了，只是這樣而已。」

「你借給她多少？」

「你保證不告訴我老婆嗎？」

「要不要打勾勾？」

「好啦。嗯，差不多三十萬出頭。」

村瀨故意誇張地將身體向後仰。

「沒想到你出手這麼大方。」

「是一點一點累積起來的。你不要誤會，其他人也會借給她。」

「你是說，久米島老師也借了錢給她嗎？」

「對啊，他借出的金額最多，應該快五十萬了。」

村瀨轉動脖子，轉了一圈之後，直視著持田說：

「也就是說，你和久米島老師是頭號債主嗎？」

「嗯……差不多是這樣。」

持田在回答時，很在意身後的走廊。

朽木突擊。

「洋子的確很漂亮。」

「你、你別亂說，我們只是從小一起長大的朋友。」

朽木決定放手一搏，套他的話。

「你之前和久米島老師不是經常爭風吃醋嗎？」

「沒這種事。雖然曾經發生很多事，但是洋子被那個弓岡騙到手之後就沒戲唱了。久米島那個傢伙是還耿耿於懷，但我可不一樣，我早就放下了。」

持田滿臉通紅。顯然不光是因為喝酒的關係。

村瀨把腦袋倒向左右兩側，關節發出了喀喀的聲音

「言歸正傳，洋子前天晚上打電話給你，是說要付利息嗎？」

「不，那倒不是，她只是叫我去拿鬱金香的球根。」

村瀨很驚訝。

「他們家的確有很多鬱金香球根，要用球根當作利息嗎？」

持田突然臉色一沉。

「洋子很在意借錢的事，每次領到打工的錢，都會還個一千圓、兩千圓，鬱金香是她的心意。久米島應該也有說吧？洋子打電話說，很對不起，她只能用這種方式表達心意。」

「那你後來去了嗎？」

「去了啊，但是洋子不在，雖然她老公的車子在，可是，按了門鈴卻沒有人來應門。」

「那是幾點的時候？」

「嗯，兩點多，那時『小敦點歌時間』已經結束了。」

那是當紅的廣播節目。村瀨想起停在門口的那輛白色Skyline。持田開車去弓岡家中的路上在聽這個節目。

村瀨注視著持田的眼睛。下午兩點是犯案時間的範圍內。

「你按了門鈴，但沒有人應門，然後呢？」

「我拿了球根就走了。洋子在電話裡說，如果她不在，我可以自己挑選球根帶回家，所以我就這麼做了，我挑了十個又大又重的球根帶回來。」

「然後呢？」

「回來之後，我就種在前院的花圃中。如果我拿回來後丟在那裡不種，洋子可能會介意。」

村瀨仍然注視著持田的眼睛。

從這個男人的身上完全感受不到任何感覺——

「打擾了。」

村瀨轉過身，但沒有邁步離開，轉頭對持田說：

「你應該不希望警察一次又一次問你相同的事吧？」

「咦？啊啊，那當然啊。」

「那下次有警察來找你時，你就告訴他們，已經把所有情況都告訴村瀨了，去問村瀨就知道了。」

8

晚上十點。F縣警大樓五樓的刑事部長室——

尾關正在辦公桌前打電話。坐在沙發上的田畑坐立難安，不時偷瞄尾關的臉。

尾關掛上電話後，面色凝重地走到沙發前。

「是分局長打來的嗎？」

「對，桂木那個傢伙都哭了。他說偵查會議根本就像是守靈夜，無論一組還是三組，都沒有人報告，也沒有人發言。」

田畑咬著嘴唇。他的內心充滿痛苦失望。

尾關繼續說道：

「他們睡覺的時候，也都分別睡在道場和訓授室。」

「……」

「我之前不是就說了嗎？一加一會小於一。」

「但是——」

「哪有什麼但是？」

尾關目光銳利。

「轄區警局的人會認為總部無法掌控重案股，如果這個傳聞傳遍整個縣，我就會淪為笑柄。不光是這樣，如果無法上命下從，就會動搖整個警察組織。」

「……」

「如果明天還是這樣，就讓一組回來。知道了嗎？」

田畑只能點頭。

朽木和村瀨。

田畑就任搜查一課課長以來，第一次真心痛恨這兩個人。

9

隔天十月二日拂曉時分，雨停了。

下午兩點。朽木在安田明久的暗房內，手機放在耳邊。

「好，停過來。」

『是。』

手機中傳來森的聲音。過了一會兒，牆外傳來車子靠近的聲音。

接著是輕微煞車的聲音。雖然仍然聽到引擎聲，但可以察覺車子已經停下。

朽木蹲在地上，窺視著「小洞」。

安田說得沒錯，狹小的視野內一片白色。

朽木對著手機說：

「小洞的高度呢？在車子的什麼位置？」

牆外傳來有人下車的聲音。

『嗯，要看停車的位置，目前是前車窗下方的車門，如果車子停在更前面，就會在後輪輪框上方。』

「小洞和車身之間的距離呢？」
『我停車時靠得很近，所以距離很短，差不多十五公分左右，而且庫房就貼在圍籬旁。』
朽木轉過頭，安田緊張地站在那裡。
「你過來一下。」
「好、好。」
安田今天的態度很老實，和昨天完全不一樣。森昨天狠狠收拾了他。森今天早上向朽木報告，安田的供詞沒有任何前後矛盾的地方。
「當時差不多像這樣嗎？」
安田探頭向小洞張望。
「對……是啊，但記得車身好像更有光澤。」
朽木把手機放到嘴邊問：
「車身很髒嗎？」
『沒有，我剛才稍微洗了一下。』
「天空呢？」
『有雲，太陽沒有露臉，但知道太陽的位置。』

「方位和高度呢？車子在庫房屋簷的陰影下嗎？」

為了確認這件事，一直等到下午才做實驗。

『不，陽光是從車子後方照過來，並沒有在陰影下。』

「去借其他的白色車子，象牙白，還有珍珠白。」

『知道了。』

朽木掛上手機，看著安田說：

「仔細聽。」

牆外傳來車門關上的聲音。安田歪著頭。

車子駛出去的聲音……安田的頭更歪了。

朽木無聲地嘆著氣。即使再怎麼用力嘆氣，安田應該也聽不出來。

10

村瀨凝視著馬路對面。

兩輛、三輛車輪流停在安田家的庫房前，都是白色的轎車。

從一組的行動研判，犯案時間內，曾經有人看到白色轎車停在安田家庫房前，問題是一組到底在確認什麼？想要確認車款嗎？不對，剛才停在庫房前的第四輛車子和第二輛是相同的車款。既然這樣，到底在確認什麼？

村瀨持續觀察，發現一組的人似乎在研究庫房和車子之間的縫隙。難道庫房的牆上有一個洞，有人在庫房內看到了白色汽車嗎？

他漸漸認定就是這麼一回事。雖然只能用這種方式確認，只不過這種實驗等於在昭告天下。如果是我，除了白色以外，還會用銀色或是紅色的車子當作障眼法。正當他在想這件事時，有人在背後叫他。

東出把手機遞到他面前。

「組長——是趕去G縣的須藤打來的。」

村瀨把手機放在耳邊。

了。

「喔，辛苦了，有沒有見到久米島老師？」

『有，他的確參加了排球比賽。』

村瀨發出洩氣的嘆息聲。他原本懷疑久米島用參加比賽作為藉口，趁機遠走高飛

「他怎麼說明去弓岡家的事？」

『他說下午兩點半左右，曾經去拿了鬱金香的球根。』

所以，他去的時間比持田榮治更晚。

『他說明的情況幾乎和持田一樣。他說雖然弓岡的車子停在那裡，但按了門鈴卻沒人出來應門。於是他就挑選了十幾個看起來不錯的球根回家了。』

「錢的事呢？」

『雖然他含糊其辭，但總共借了將近五十萬。』

「車子呢？」

『什麼？』

「久米島的車子，是什麼車款？什麼顏色？」

『啊，我沒有問這個問題。』

村瀨立刻尖聲對著電話說：

「趕快再去問清楚。」

『知、知道了。』

村瀨闔起手機，交還給東出，轉頭看向走過來的石上。

「你那裡的情況怎麼樣？」

「根據目前所知的情況，洋子向留在本地老同學中的八個男人借了錢。」

石上說話的聲音帶著一絲興奮，一旁的東出豎起了耳朵。

「但是，金額最多的還是久米島和持田兩個人，他們以前就和洋子形影不離，國中、高中的時候，還曾經多次為了洋子爭風吃醋。」

「果然是那兩個人……」

村瀨的手機響了，傳來須藤上氣不接下氣的聲音。

『他的車子是March。』

「就是圓滾滾的那種車嗎？顏色呢？」

『黑色。』

村瀨有點失望。

「久米島老師什麼時候回來？」

『應該是今晚八點。』

持田的車子是白色的Skyline，如果用刪去法，就必須排除久米島的可能性，只剩下持田，但村瀨對這種情況很不滿意。

11

深見駐在所。下午五點。桌上堆著飯糰和黃蘿蔔。

朽木正在聽取森的報告。

「目前掌握了洋子和悟出門的地點。他們去了二丁目的小橋醫院。聽小橋院長說，悟有點感冒，洋子帶他去看診。洋子拜託院長說下週會來付醫藥費，之前也都這樣。」

弓岡家的生活似乎相當困頓。

田中接著報告：

「洋子的同學中有十七個男生，目前有八個人住在本縣，其中有四個人開白色的車子。我們已經查訪了所有人，問話紀錄都寫在附件上，只有一個從事高空作業的建築工人持田榮治拒絕回答。」

「拒絕回答？」

「他說已經全都告訴了村瀨，要我們去問村瀨。」

朽木的眉毛抖動。

被三組搶先了。難道村瀨認為持田榮治「嫌疑重大」嗎？
朽木看著田中問：
「持田的車子是什麼顏色？」
「白色——是白色的Skyline。」
森立刻激動起來。
「趕快把他抓起來！反正他身上也沒有掛三組的牌子。」
田中跟著說：
「根本不必在意三組，只要能夠讓他招供，就是我們贏了。」
朽木沉默不語。
「組長！」
田中和森分別表達了各自的意見。
「如果這個案子被搶走，有損一組的面子！」
「交給我！我一定會讓他從實招來！」
朽木輪流看著他們兩個人的臉說：
「有一件令我在意的事。」
「啊？什麼事？」

「就是暗房的洞。」

田中和森驚訝地互看了一眼，然後同時看向朽木。

森開口問朽木：

「組長認為，安田是凶手？」

12

「我在G縣時已經說過，我的確有借錢給洋子，前天也去她家拿了球根，但就只是這樣而已。我對命案一無所知，今天晚上我累了，這麼晚出門，我的老婆、孩子都會很擔心，今晚恕我無法配合。」

久米島良夫在玄關深深鞠躬。

村瀨猶豫了。

要直接逮人嗎？還是今晚先收兵？

村瀨的五感都支持馬上逮人。八九不離十。眼前這個傢伙完全符合「一家三口命案」現場的感覺。個性溫和、彬彬有禮，眼神爽朗，很有正義感，而且八成也很溫柔。這種男人最符合這起命案凶手的形象。他不僅關心前女友洋子，也很重視自己的家庭。八面玲瓏、沒有個性的人才會製造出那樣的命案現場。一旦殺了超過三個人，任何人都會自暴自棄，處理屍體和湮滅證據的意識也會變差，都會試圖趕快逃離現場。唯一的例外，就是凶手有想要守護的東西。凶手不顧慘遭自己毒手的三具屍體，用抹布擦拭了沾到血跡的腳印，也一次又一次擦拭菜刀上的指紋，即使這樣，仍然不放心，最後把菜刀丟進浴缸，確保萬無一失。

村瀨產生了一股衝動，很想把眼前這個文質彬彬的男人推倒在地，一口吞了他。

但是……

他無法百分之百確信久米島是凶手。即使村瀨的直覺完全正確，久米島就是凶手，他根據以往的經驗知道，這種人比凶惡的罪犯更不容易束手就擒。

一旦走進審訊室，這種人一定會問：

你們有證據嗎？

反過來說，只要有物證，或是不亞於物證的「強大線索」，這種人就會輕易招供。

目前村瀨手上沒有這兩樣東西，只有不利於久米島的心證。他的眼角掃到了久米島的黑色March。黑色是「清白」，白色才是「嫌疑重大」，然而他覺得黑白雙色拼圖怎麼拼都不對勁，無法拼湊出一幅完整的圖。

「該說的我已經說完，恕我失禮了。」

久米島準備關上玄關的門。

「你種了鬱金香嗎？」

村瀨沒話找話地提問。他還在猶豫。分局內已經準備好測謊機，他很在意一組的動向。雖然目前三組領先一步，但這次的對手是朽木，誰知道他什麼時候會搶先抓人？

「我種在後方的花圃內，只要那些鬱金香開花，就是對洋子最好的悼念。」

久米島爽朗的聲音和他的話，讓村瀨全身起了雞皮疙瘩。

「不好意思，還是請你去分局──」

村瀨的話還沒說完，手機就響了。是東出打來的。

『我在車站攔住了安田的父親確認情況。組長，你說對了，他兒子當時在作為暗房使用的庫房內，從排水管的小洞看到了白色的車子。』

果然是白色……

當他掛上電話時，門已經關上了。

村瀨長嘆一聲，注視著腦海中，久米島剛才站在眼前的身影。

13

W分局的會議室內一片寂靜。

難以想像會議室內有超過五十個人。桂木分局長心神不寧，不知所措，驗屍官戶澤走了進來，報告司法解剖的結果。

在弓岡雄三的胃中，發現了幾乎未消化的泡麵和筍乾，顯然是吃完午餐後不久被殺。廚房的流理台內有一個裝拉麵的碗公，只不過沒有人看到弓岡幾點吃午餐，無法掌握確切的時間。

洋子和悟的胃中幾乎是空的，只有少量泥狀的麵包，一定是早餐時吃的麵包。不知道他們是不是打算回家後再吃午餐，總之，他們在早餐之後，就沒有再進食。

傍晚，三個人的遺體送回家中，交給了他們的親戚。桂木分局長說，明天將在舊村民集會中心舉行告別式。

沒有人發問，也沒有人表達意見，偵查報告乏善可陳。

一組和三組的人都沉默不語，壁壘分明地坐在會議室的左右兩側，簡直就像中間拉出一條管制線。

14

隔天是晴朗的好天氣。

下午一點，朽木指示森開車前往舊村民集會中心，他坐在副駕駛座上觀察。雖然名為集會中心，但外觀看起來和普通的民宅沒什麼兩樣。八成是買下了沒有人繼承的老房子，將內部重新改裝後，變成集會中心。外面有幾個花圈，參加葬禮的人無法全部進入集會中心內，在路旁排了長長的隊伍。

「啊，看到了。」

坐在駕駛座上的森說。

他在送葬的人群中看到穿著葬儀社外套的殿村和矢代，他們正在拚命拍照。拍下參加葬禮所有人的照片，是偵查的一貫做法。

三組的三谷和吉池也在其中，但他們穿著喪服，不時用相機偷拍。

三輛靈車抵達，出殯的時間快到了。

手機響了。

朽木看著螢幕上顯示的電話號碼。是總部搜查一課課長的專線電話。昨天晚上的偵查會議結束後，田畑課長命令他們收隊，撤離搜查總部。

朽木關上手機。

「現在該怎麼辦？」

森不安地問。

「沒怎麼辦，現在還沒抓到凶手。」

朽木語氣粗暴地說完，注視著靈車。

他覺得刺眼，瞇起眼睛。

他頓時有一種震撼的感覺。大腦迴路中的幾個詞彙交錯在一起。

暗室……負片……黑白……白色的車子。

朽木閉上眼睛。短短幾秒鐘後，他猛然睜開眼睛說：

「森——開車。」

「啊？要去哪裡？」

「去攝影小鬼那裡。」

森臉色發白。因為安田由他負責調查。

「凶手果然是安田嗎？」

「不是。」

「啊？那為什麼要去找他——」

「現在你是指揮官嗎？」

聽到朽木這麼說，森的臉色更白了。

「馬、馬上開車！」

森用力踩下油門，車子立刻衝出去。

「等一下。」朽木又叫了一聲。

「啊？」

「停車。」

森用力踩下煞車，兩個人的身體都往前衝。

森滿臉訝異地看向朽木，朽木的視線看向集會中心的玄關，參加葬禮的人左右分開，視野頓時開闊起來。

出殯。

最先抬出來的，是小小的白色棺材。

15

「交換情報？」

村瀨驚訝地問。

東出不置可否地點點頭。

「他要我這麼轉告組長，還說分局局長室剛好沒有人，他在那裡等你。」

村瀨懷疑自己聽錯了。目前還在積極偵辦，而且一組和三組正展開激烈的競爭，朽木竟然提出想和他見面。

「太有意思了。」

村瀨說完，轉身離開。

東出慌忙叫住他。

「啊，組長——久米島的測謊怎麼辦？」

剛才已經把久米島帶來分局。雖然目前還沒有掌握物證，也沒有「強大線索」，但村瀨認定久米島就是凶手的心證無法動搖，在倉促之下決定對他進行測謊，打算根據測謊結果逼問他。

「開始測謊，我馬上就回來。」

村瀨走出了位在五樓的道場，沿著前方的樓梯下樓。

「不知道今天吹的是什麼風。」

他不禁自言自語。

村瀨猜不透朽木內心的想法。回想起來，一直都是如此。村瀨很清楚其中的原因。因為朽木從來都不笑。村瀨認為面無表情的人，最終連內心都不再有情緒。朽木就有這種徵兆，完全感受不到他的熱情，情緒的流露一年比一年少，甚至連身為刑警的行動規範，也越來越看不到了。

一樓。分局長室的門敞開著。

朽木坐在黑色皮沙發上，村瀨沒有敲門，直接走了進去。在陽光照射下，朽木看起來有點透明的單薄耳朵，捕捉到他走在地毯上的些微聲音。

村瀨在朽木對面坐下後說：

「你先說。如果你掌握的線索夠漂亮，那我也可以透露一些線索給你。」

「沒問題。」

朽木點點頭，在桌上握著雙手。

「我有兩條線索。首先是關於車子的目擊線索，安田家的兒子看到了。」

朽木簡潔地說明了事實。

村瀨懶洋洋地轉動脖子，關節發出聲音。

「你可別小看我們，根據你們的舉動，就已經猜出來了，我不需要這種垃圾線索，你說另一條線索吧。」

「如果告訴你是黑色，你還會說這種話嗎？」

「什麼？」

「安田看到的車子顏色是黑色。」

「你說什麼？」

村瀨的腦袋一片空白，然後瞪大眼睛。

「可惡，白色只是幌子嗎？」

「你先聽我說，剛才讓安田隔著小洞看了黑色的車，他證實說，的確是這種車。」

村瀨銳利的眼神稍微緩和。

「怎麼回事？」

朽木看向光線明亮的窗戶。他的瞳孔縮小了。

「因為陽光。安田看到的，是黑色車輛反射的陽光。」

村瀨愣了一下，隨即大笑起來。

「你要我嗎？開玩笑也不要太過頭了，再怎麼樣都不可能把反射的光看成是白色。」

「你忘了嗎？中野幹部課程的課堂上不是教過這件事嗎？」

中野——就是警察大學的所在地。

「比方說……」

朽木拿起桌上的雜誌，捲成筒狀遞給村瀨。

「你用這個看這裡。」

朽木指著沙發黑色皮革彎曲的部分，那裡反射著天花板日光燈的光。

「我可沒這種閒工夫。」

「廢話少說，你看一下。」

村瀨感覺脖子僵硬。朽木銳利的眼神好像射穿村瀨。

「那、那就借我一下。」

村瀨一把搶過筒狀的雜誌。

當他隔著圓筒看出去時，忍不住倒吸了一口氣。

是白色。看起來完全不像是反射的光。他立刻想起一件事。沒錯，村瀨在中野也上了那堂認知心理學的課。

『人類的視覺很不可思議，在正常情況下，黑色的東西無論在哪裡看都是黑色，白色的東西就是白色，但是，在背景沒有明暗對比參照物的狀況下看那樣東西，就會憑著反射光的強弱，判斷是黑色或是白色。』

命案發生的九月三十日陽光燦爛，由於是從小洞向外張望，所以安田的眼睛，不，是安田的大腦，誤以為陽光下的黑色車子是白色——

「第二條線索。」朽木說，「深見小學的時光膠囊被人挖了出來，裡面的東西被偷了。那是二十年前，弓岡洋子還是小學六年級時，埋下的時光膠囊。」

村瀨一時說不出話。他大腦的資訊處理機能陷入極度混亂。

朽木站了起來。

當他的背影即將走出局長室時，村瀨粗聲叫道：

「等一下！」

朽木停下腳步，轉過頭。

「什麼事？」

「你也太卑鄙了，是否認定贏不了，所以乾脆賣個人情給我們？」

朽木沒有感情的雙眼注視著村瀨，默默走出去。

東出剛好走進來，但立刻停下腳步，瞪大眼睛看著張開雙腿站在那裡的村瀨。

村瀨用鼻孔哼了一聲，努力不讓東出發現自己內心的慌亂。

「笑死人了，說什麼時空膠囊被人偷走了。」

村瀨說完，注視著半空。

時空膠囊……

「組長？」

「……」

「組長，怎麼了？」

村瀨開了口。

「有黑色鬱金香嗎？」

「啊？」

村瀨露出得意的笑容，走出局長室，把東出留在原地。

16

「你的名字叫佐藤公雄嗎？」

「不是。」

「你知道誰是殺害弓岡一家的凶手嗎？」

「不知道。」

「你身上有原子筆嗎？」

「沒有。」

「你——」

門用力打開，村瀨走了進來。

久米島良夫狠狠瞪著他漲紅的臉。久米島坐在椅子上，胸口綁著測量呼吸強弱的軟管，指尖和手臂上連著測量出汗和脈搏的儀器，他無法動彈。

「讓開。」

村瀨推開總部科搜研派來的檢查技官。

「不要問這種不痛不癢的問題！」

「怎麼回事？」

久米島語帶責備地問。

「你們告訴我，為了證明自己的清白，最好接受測謊，所以我才不得不——」

「接下來回答我的問題，可以用肯定的方式回答。」

村瀨說，久米島賭氣地把頭轉到一旁。

「是不是你殺了弓岡全家？」

「……」

「快回答！否則你就別想回家。」

久米島轉過頭來，表情帶著憤怒和不安。

「準備好了嗎？那就開始了。」

「好吧……請盡可能簡單明瞭。」

村瀨點點頭，他完全不打算拖拖拉拉。

室內響起了說話聲。

「你殺了弓岡一家，是不是？」

「不是。」

記錄裝置上的三根針都用力搖擺。很不錯的反應。

村瀨將視線移回久米島身上。

「你去拿鬱金香，但洋子不在家。弓岡叫你進屋坐坐，於是你就進了屋。弓岡知道你現在仍然很迷戀洋子，他暗示了這件事，想要向你借錢，你拒絕了，反而要求他好好養家。」

「等一下——」

久米島忍不住打斷了村瀨。

「這也是問題嗎？」

「接下來才是問題。」村瀨又接著說，「你們說著說著就發生了爭執，你很生氣，覺得洋子被一個渣男糟蹋了。」

「你的問題是什麼？」

「弓岡說了一句決定性的話，讓你惱羞成怒。」

「要問的到底是什麼？」

村瀨用力吸氣。

「你發揮了正義感，殺了弓岡雄三。」

「……我沒有。」

「你明明讓洋子擺脫了弓岡，但洋子說你是殺人凶手，於是你也殺了她。」

「不是！」

「他們的兒子看到你，所以你也殺了他。」

「不……」

「因為你希望明天、後天可以繼續當一個好丈夫、好父親、好老師，所以殺了一個五歲的孩子！」

「不、不是！你別胡說八道！你有證據嗎？」

他果然說了這句話。

村瀨緩緩點頭。

「有人看到了一輛黑色的車子。」

March的車身很圓，反射陽光的面積應該很大。

「這哪是什麼證據？我要回家了！拿掉儀器！」

「先別急，還有其他證據。」

久米島抖了一下，但並沒有住嘴。

「什麼證據？你倒是說啊！如果有證據，那你就說啊！」

村瀨舔了舔嘴唇。

「時光膠囊。」

「那是什麼？喔，我聽說了，有人把時光膠囊挖了出來。怎麼了？你有證據證明是我挖的嗎？」

「絕對錯不了，你的小心謹慎，讓你去把時光膠囊挖了出來，但是我說的並不是那個時光膠囊。」

「呃？」

「我不是說挖出來的時光膠囊，而是你埋下的另一個時光膠囊。」

久米島聽不懂這句話的意思，眼神不安地飄忽起來。

「什麼意思？你說清楚。」

村瀨把臉湊到久米島面前，把手放在他肩上，注視著他的雙眼。

「就是鬱金香。」

「……鬱金香？」

「你應該挑選了看起來不錯的球根回家吧？」

「對啊，有什麼問題嗎？」

「洋子很愛白色鬱金香，所以弓岡家被稱為白屋，她很用心照顧馬路旁的花圃，種出的鬱金香球根也比其他顏色的更大。如果你挑選了看起來不錯的球根種下去，明年春天有一大半會是白色鬱金香。高空建築工人持田家的花圃應該是這樣，但是不知道你家的情況如何。」
「什麼？你在說什麼？」
村瀨把臉湊到久米島的面前，久米島的眼皮跳了一下。
「我再問你，你剛殺完三個人，有心情仔細挑選看起來不錯的球根嗎？」
「啊……」
「如果不帶球根回家，之後會被懷疑，但你不可能蹲在屋簷下拿起每一個球根細細挑選。」
「……」
村瀨退回原位。
「你家的花圃應該會開出五顏六色的鬱金香，你知道嗎？那些球根就是藏了你的謊言的時空膠囊，在黑暗的泥土中，默默等待可以吐露真相的那一天。」
三根針擺到了極限值。

17

那就借你啊。

弓岡說的這句話，讓久米島憤而殺人。

洋子可以借你。你每次願意付多少錢？

即使發生了這樣的案件，也很快就被搜查一課拋在腦後。

重案一組投入銀行員命案，三組忙於便利商店連續搶劫案的偵查工作，因此朽木和村瀨直到逼近年關的寒冷夜晚，才又再次見面。

他們在總部五樓的昏暗走廊上擦身而過。天花板的日光燈快壞了，蒼白的燈光閃爍著，在朽木原本就很嚴厲的臉上產生可怕的陰影。

「破案了嗎？」

村瀨主動向他打招呼。

「還沒有。」

朽木停下腳步回答。

村瀨眼神中帶著笑意說：

「我們的案子已經破了。」

「太好了。」

朽木用沒有起伏的聲音說完，邁開步伐。村瀨開口叫住了他。

「問你一個問題——滅門案時，你為什麼透露線索給我？」

朽木沒有停下腳步。

村瀨對著他的後背。

「是因為在那天葬禮的時候，看到了小棺材嗎？」

朽木沒有回答。

他頭也不回，推開黑色的門，走進了搜查一課的辦公室。

完

春日文庫
127

第三時效

第三の時効

第三時效/橫山秀夫作；王蘊潔譯. -- 初版. -- 臺北市：春天出版國際文化有限公司, 2023.07
面；　公分. -- (春日文庫；127)
譯自：第三の時効
ISBN 978-957-741-703-9(平裝)

861.57　　112007815

ISBN 978-957-741-703-9
Printed in Taiwan

作　　者　橫山秀夫
譯　　者　王蘊潔
總 編 輯　莊宜勳
主　　編　鍾靈

出 版 者　春天出版國際文化有限公司
地　　址　台北市大安區忠孝東路4段303號4樓之1
電　　話　02-7733-4070
傳　　真　02-7733-4069
E－mail　bookspring@bookspring.com.tw
網　　址　http://www.bookspring.com.tw
部 落 格　http://blog.pixnet.net/bookspring
郵政帳號　19705538
戶　　名　春天出版國際文化有限公司
法律顧問　蕭顯忠律師事務所
出版日期　二〇二三年七月初版

定　　價　440元

總 經 銷　楨德圖書事業有限公司
地　　址　新北市新店區中興路二段196號8樓
電　　話　02-8919-3186
傳　　真　02-8914-5524
香港總代理　一代匯集
地　　址　九龍旺角塘尾道64號 龍駒企業大廈10 B&D室
電　　話　852-2783-8102
傳　　真　852-2396-0050